O grande deus Pã

Arthur Machen

O grande deus Pã

tradução e apresentação
Guilherme da Silva Braga

todavia

Arthur Machen, o sonhador de Gwent

Guilherme da Silva Braga

> *Pois existe uma busca para a qual não há termo, não há limite nem fim:* pelagus vastissimum.
>
> Arthur Machen

"Tudo para mim era maravilhoso, tudo quanto era visível me parecia o véu de um segredo invisível."* Já na idade madura, Arthur Machen descreveu assim o estado de espírito que o animou durante toda a infância e toda a juventude em Caerleon-on-Usk, vilarejo no condado de Gwent onde nasceu em 1863, no País de Gales. Esse deslumbramento perante a intensidade dos portentos ocultos por trás do mundo sensível foi o mesmo que inspirou muitas das obras que viria a escrever mais tarde, e o mesmo que sempre o acompanhava durante as longas andanças em meio à natureza selvagem de Gwent. Por ser filho único e não ter primos, Machen passou a infância praticamente sozinho, vendo outras crianças somente em raras ocasiões. Na escola, de onde saiu aos dezessete anos sem nenhum amigo, convivia diariamente com uma multidão de estranhos e desconhecidos. Somente na companhia de vales, colinas e rios sentia-se em meio a semelhantes: as encostas de Twyn Barlwm e Mynydd Maen, as árvores de Wentwood, as águas do Usk... cada detalhe nesse panorama místico onde cresceu era motivo de um espanto sem fim:

* Arthur Machen, 1922, pp. 24-5.

> Ao admirar-me com essas coisas, eu jamais cansava de me admirar; e mesmo quando passava a conhecer um caminho e me familiarizava com ele, nunca perdia a sensação de estar na presença de maravilhas, conforme me pareciam.*

Com esse temperamento suscetível a fantasias e devaneios, Machen não tardou a descobrir o amor pelos livros: leu *Dom Quixote* ainda criança, e pelos anos a seguir dedicou-se a explorar a biblioteca do pai, onde encontrou obras de Brontë, Dickens, Tennyson e Walter Scott, bem como livros sobre assuntos tão variados quanto alquimia, a Revolução Francesa e a história da Bíblia na Espanha. Com o tempo, passou a comprar outros livros que lhe chamavam a atenção — no campo da prosa, obras como *As mil e uma noites* e *Confissões de um comedor de ópio* de Thomas De Quincey, e no campo da poesia obras de Swinburne e William Morris. Em meio a essas leituras, fez a importante descoberta do espírito gótico — "umas das mais mágicas dentre todas as iniciações" —,** que deixaria profundas marcas em sua produção literária na década final do século XIX.

Em 1880, ao fim de um passeio durante o qual se viu surpreendido por uma tempestade súbita que o fez relembrar a história de Owain — herói do antigo épico galês *Mabinogion* —, Machen foi tomado pelo desejo de escrever. Evidenciando um amadurecimento literário impressionante para um novato de apenas dezessete anos, não tardou a se deparar com os grandes dilemas da criação literária, que o acompanhariam ao longo de toda a carreira como escritor:

> Uma das primeiras agonias do aprendiz nas letras é a descoberta da horrenda voragem que separa a idealização da execução [...]. Mas esse abismo entre a ideia quente e radiante

* Ibid., p. 23. ** Ibid., p. 55.

> no coração do autor e a execução fria e defeituosa em palavras é um pesadelo precoce, e da mesma forma tardio. [O escritor] sonha em fogo, mas trabalha em barro.*

Após essa primeira tentativa posteriormente abandonada, Machen completou em 1880 ou 1881 o poema *Eleusinia*, impresso logo a seguir numa edição de autor limitada a cem exemplares distribuídos a amigos e familiares que o aconselharam a seguir a carreira de jornalista — ofício que viria a exercer entre 1910 e 1921 com profundo desgosto, quando passou a considerá-lo "uma prostituição do espírito em vista da qual a prostituição do corpo é coisa de pouca monta".** Mas foi assim, impulsionado pela ideia de aprender taquigrafia para qualificar-se como jornalista, que deu início à longa série de movimentos entre Londres e Caerleon-on-Usk no período compreendido entre 1880 e 1886. A princípio, Machen trabalhou na capital como editor de calendários ilustrados e professor de geometria para crianças, mas a solidão no ambiente estranho da cidade, os constantes aguilhões do processo de criação e a existência quase miserável que levava com o parco sustento aos poucos se tornaram causa de um profundo sofrimento:

> E eu, sozinho no meu quartinho, sem amigos, desolado; ciente com todo o coração da minha balbuciante falta de jeito sempre que eu pensava em me aventurar na grandiosa língua da literatura; perdido, confuso no mundo da imaginação, sem saber para onde eu ia, tateando como um cego, tropeçando como um cego, como um cego batendo a cabeça na parede, para mim não há salvação, não há amigos, não há maneira, não há consolo.***

* Ibid., p. 100. ** Id., 2014, p. 11. *** Id., 1922, p. 135.

Apesar dessa predisposição lúgubre, em 1883 Machen conseguiu reunir forças suficientes para concluir *The Anatomy of Tobacco*, um pequeno volume satírico que no ano seguinte tornou-se o primeiro livro do autor a ser lançado por uma casa editora profissional. Logo após essa publicação, Machen iniciou-se também na carreira de tradutor literário com uma versão para o inglês do *Heptaméron* de Margarida de Navarra — que, assim como os doze volumes das memórias de Giacomo Casanova traduzidos pelo autor uma década mais tarde, viriam a se tornar as traduções-padrão dessas obras para o inglês.

Logo a seguir o editor de *The Anatomy of Tobacco* ofereceu a Machen um emprego cuja principal ocupação dizia respeito a uma coleção de livros que deviam ser lidos, resumidos e anunciados a compradores e colecionadores em um catálogo de vendas. Essa singular biblioteca trazia obras de referência relativas a todas as vertentes possíveis do ocultismo e do misticismo:

> Havia os clássicos e os mais obscuros tratados sobre Alquimia, Astrologia e Magia, quase sempre em antigos volumes latinos. Havia livros sobre Bruxaria, Possessão Demoníaca, "Fascinação" ou Olho Gordo; havia comentários sobre a Cabala. Fantasmas e Aparições constituíam uma grande família, Sociedades Secretas de toda sorte espreitavam os Rosa-Cruzes e os Maçons, e assim asseguravam um lugar na coleção. E depois se encontravam representadas as seitas e as escolas semirreligiosas, semiocultistas e semifilosóficas: negociávamos Gnósticos e Mitraístas, dispúnhamos de Neoplatonistas, frequentávamos Quietistas e Swedenborguianos. Esses eram os antigos; e além destes havia a turba moderna de Divinadores e Observadores de Estrelas e Psicometristas e

Magnetistas Animais e Mesmeristas e Espiritualistas e Exploradores Psíquicos.*

A confecção deste catálogo, que por fim recebeu o título de *The Literature of Occultism and Archaeology*, proporcionou a Machen o contato com uma infinidade de explicações místicas para toda sorte de fenômenos imagináveis. O resultado foi um grande afastamento em relação à ciência, que declarava de forma categórica a inexistência de fenômenos sobrenaturais. Machen sempre manteve a porta aberta à possibilidade do mistério, e assim escreveu: "Não compreendo o universo; consequentemente, não me atrevo a fazer esse tipo de afirmação".

Por volta dessa mesma época, Machen entregava-se com gosto cada vez maior ao vício de "escrever por escrever, vulgo *cacoethes scribendi*".** Sonhava com a escritura do Grande Romance, que no entanto resultou apenas no epílogo para um romance jamais escrito, que mais tarde acabou fazendo parte de *The Chronicle of Clemendy* (1888) — este último um livro que, nas palavras do próprio autor, "não é nem grande, nem um romance".***

Pouco tempo depois, Machen passou a desfrutar de uma situação financeira bem mais confortável do que aquela a que se vira reduzido em períodos anteriores: após perder a mãe em 1885 e o pai em 1887, familiares distantes faleceram na Escócia, e os dinheiros que por direito seriam da mãe foram herdados pelo filho. Assim, Machen pôde se dar a luxos antes inimagináveis, como passar um mês por ano na França — e, acima de tudo, dedicar-se com maior plenitude ao ofício de escritor. Foi assim que, em 1890, publicou a primeira versão daquela que

* Id., 2015, pp. 12-3. ** Ibid., p. 24. *** Ibid., p. 30.

viria a se tornar uma de suas obras mais icônicas e importantes: *The Great God Pan* [O grande deus Pã].

A primeira aparição de *O grande deus Pã* deu-se no periódico *The Whirlwind*, e consistia em um breve conto mais tarde reaproveitado como mote e capítulo inicial da novela de mesmo nome. Esta segunda versão mais longa de *O grande deus Pã* foi concluída e publicada em Londres (juntamente com a novela *The Inmost Light*) no ano de 1894, para absoluto horror e escândalo da recatada sociedade vitoriana. Tendo como protagonistas uma *femme fatale* e o lúbrico deus Pã, esta narrativa repleta de alusões demoníacas e sugestões de sexualidade aberrante demonstrava profundas afinidades com a estética decadentista em voga na época, e a primeira versão em livro de *O grande deus Pã* foi publicada em inglês justamente pela Bodley Head, a editora responsável pelo infame periódico decadentista *The Yellow Book*.

Essa entrada definitiva no mundo das letras fez-se acompanhar por diversas outras obras nos últimos anos do século XIX, dentre as quais se destacam o romance episódico *The Three Impostors* (escrito em 1894 e publicado no ano seguinte), a fantasia de inspiração autobiográfica *The Hill of Dreams* (escrito entre 1894 e 1895, mas publicado somente em 1907) e a perturbadora incursão aos recônditos sombrios da infância representada pela novela *The White People* (escrita em 1899, mas publicada somente em 1905).

Remonta ao mesmo período de farta e relevante produção artística o interessante tratado *Hieroglyphics: A Note Upon Ecstasy in Literature* (escrito em 1899 e publicado em 1902), no qual Machen sustenta a tese de que a diferença entre a simples ficção e a verdadeira literatura reside na presença de um sentimento de êxtase:

> Sim, para mim a resposta vem com uma única palavra: *Êxtase.* Caso o êxtase se encontre presente, então digo que

> estamos diante de alta literatura; caso se encontre ausente, então, a despeito de toda a engenhosidade, todo o talento, toda a ourivesaria e capacidade de observação e habilidade que você possa mostrar para mim, então, segundo creio, temos um produto (possivelmente um produto deveras interessante) que não é alta literatura.*

Numa linguagem paramentada com os trajes do misticismo, Machen nomeia e descreve os quatro elementos da composição literária:

> Em um primeiro momento [surge] a Ideia ou o Conceito, a coisa de profunda beleza que reside na alma do escritor, não ainda revestida de palavras, nem mesmo de pensamentos, mas apenas uma emoção pura. Em um segundo momento, uma vez que a ideia assume uma forma definida, uma vez que encarna, por assim dizer, na forma de uma história, que pode ser consignada ao papel de maneira rudimentar, podemos falar no Enredo. Em um terceiro momento, o enredo deve ser sistematizado, desenhado em escala, levado às conclusões legítimas, para então ser exposto através de incidentes; e assim temos a Construção. Em um quarto momento, a história é escrita, e o Estilo é a invenção de belas palavras que têm o condão de afetar o leitor pelo significado, pelo som, pelas misteriosas sugestões.**

De acordo com essa formulação, é justamente através do estilo que o êxtase surge como manifestação suprema da literatura:

> O objetivo da arte não é a informação, mas um tipo particular de deleite estético. Por outro lado, se por estilo designamos

* Id., 1913, p. 24. ** Ibid., pp. 85-6.

> o uso e a escolha de palavras e frases e cadências de maneira que o ouvido, e através do ouvido a alma, recebam uma impressão de música sutil, mas incrivelmente bela, se o sentido e o som e a cor das palavras causam-nos um deleite quase inexplicável, então digo que, enquanto a ideia é a alma, o estilo é o corpo glorificado da mais alta arte literária. O estilo, em suma, é a perfeição última do que há de melhor na literatura, é a marca exterior da graça que arde por dentro.*

Assim, não caberia ao escritor retratar a realidade da maneira como se apresenta, mas representar ideias causadoras de êxtase através dos símbolos presentes na linguagem da narrativa:

> Não é tarefa do pintor fazer para nós uma representação de uma árvore ou de uma pedra; a tarefa dele é comunicar-nos uma emoção — um êxtase, se você assim preferir —, e para atingir este fim ele usa uma árvore ou uma pedra como um símbolo, uma palavra na linguagem das cores e formas. Não é tarefa do escultor cinzelar representações de homens em mármore; a forma humana é também para ele um símbolo que encerra uma ideia. Da mesma forma, não é tarefa do artista literário descrever fatos — verdadeiros ou imaginários — em palavras: ele se encontra possuído por uma ideia que simboliza através de incidentes, de uma história sobre homens e mulheres e coisas.**

A poética delineada acima serviu como fundamento para toda a produção literária de Machen durante a última década do século XIX, e em 1914 o singular encontro entre misticismo e literatura sofreu uma reviravolta um tanto inesperada com a publicação de "The Bowmen" no *The Evening News*, jornal em que

* Ibid., p. 49. ** Ibid., pp. 94-5.

Machen trabalhava na época. Este conto em primeira pessoa narra a intervenção dos fantasmas de arqueiros ingleses mortos em 1415 na Batalha de Agincourt em favor da Força Expedicionária Britânica durante a Batalha de Mons, ocorrida no início da Primeira Guerra Mundial, mas foi lido por leitores contemporâneos como o relato verídico da ocorrência de um milagre. Machen negou em diversas ocasiões que a narrativa tivesse qualquer relação com acontecimentos reais, mas não faltaram defensores e testemunhas da autenticidade do incidente narrado: a história aos poucos ganhou força e por fim entrou para o imaginário britânico da Primeira Guerra.

Nos anos a seguir, Machen publicou mais duas obras importantes: *The Great Return* (1915), uma história sobre o retorno do Santo Graal para o País de Gales, e *O terror* (1917), novela que descreve uma revolta dos animais contra a raça humana em resposta à insensatez da guerra. A carreira do escritor continuaria em ascensão durante a primeira metade da década de 1920, que viu a publicação de três volumes autobiográficos repletos de sensibilidade e espirituosidade: *Far Off Things* (1922), *Things Near and Far* (1923) e *The London Adventure* (1924). Durante essa época, obras anteriores de Machen foram republicadas em coletâneas na Inglaterra e publicadas em série nos Estados Unidos, enquanto a primeira edição de *The Hill of Dreams* era negociada por somas absolutamente fabulosas entre colecionadores de livros raros. Mesmo assim, Machen enfrentava dificuldades financeiras que o obrigavam a se dedicar principalmente à carreira de jornalista que tanto desprezava. Essa situação foi amenizada somente em 1932, quando o rei George V concedeu uma pensão da Coroa britânica em reconhecimento às contribuições feitas por Machen às letras do país.

Quase ao mesmo tempo, Machen retomou a produção literária com *The Green Round* (publicado em 1933), romance que narra a história de um homem seguido por uma estranha criatura atarracada vista somente por outras pessoas durante a estada em um resort no País de Gales. No entanto, o ciclo de produção literária chegaria ao fim em 1936, com a publicação do apanhado de contos *The Children of the Pool*, último volume de ficção que o autor publicaria em vida — embora tenha vivido por mais onze anos.

Por ocasião do 80º aniversário em 1943, Machen recebeu homenagens e doações obtidas durante uma campanha nacional promovida por amigos e admiradores que desejavam lhe prestar tributo, entre os quais se encontravam grandes nomes da literatura de língua inglesa. Apenas quatro anos mais tarde, como a mariposa atraída por um fascínio irresistível rumo à chama da lamparina, o sonhador de Gwent chegou ao fim da própria "busca misteriosa" com um sentimento de profunda gratidão à terra natal:

> Sempre hei de estimar como a maior ventura que um dia me coube ter nascido em meio à nobre e decadente Caerleon-on-Usk, no coração de Gwent. [...] tudo que eu possa ter feito em literatura deve-se ao fato de que, quando meus olhos primeiro se abriram na mais tenra infância, tinham diante de si a visão de uma terra encantada.*

* * *

O grande deus Pã foi a primeira obra de Arthur Machen a consolidar o estilo que se tornaria característico do período entre 1890 e 1900 — a "Grande Década" da produção literária do autor. Ao recordar o próprio amadurecimento como homem de letras, que ganhou força por volta dessa época, Machen escreveu: "comecei a vislumbrar meu verdadeiro tema; a paisagem

* Id., 1922, p. 8.

da minha infância e da minha juventude".* No entanto, a inspiração poética oferecida por Caerleon-on-Usk não se restringia somente à proximidade afetiva do autor com o cenário onde havia nascido: estava também profundamente ligada à aura de mistério que desde muito tempo pairava sobre o lugar, que entre os séculos I e IV havia se chamado Isca Silurum e abrigado uma fortaleza das legiões romanas na Britânia. O vilarejo próximo de Caerwent, outra antiga cidade romana, por vezes revelava "estranhas relíquias — fragmentos do templo de 'Nodens, deus das profundezas'".** Foi assim que a paisagem de Caerleon-on-Usk (apresentada em *O grande deus Pã* coberta pelo fino véu do nome "Caermaen") deu origem à versão em conto desta narrativa inspirada em antigos ritos pagãos e centrada na figura do deus Pã — uma divindade que faz aparições um tanto fugazes na história, mas tem uma forte presença insinuada pelo sentimento de um portento localizado além do mundo sensível.

No ano anterior à escritura da primeira versão de *O grande deus Pã*, Machen havia terminado a composição de *Hieroglyphics: A Note Upon Ecstasy in Literature*. Este tratado sobre a essência definidora da literatura partia de uma premissa resumida da seguinte forma nos cadernos de anotações do autor:

> A literatura começou com feitiços, encantamentos, magias, canções de mistério, cânticos de êxtase religioso, o Coral das Bacantes, as Runas, a Missa.***

Essa aproximação da literatura à participação em um mistério ritual integrava uma visão mística de mundo ainda mais ampla, manifestada sob a forma de um fascínio e de um deslumbramento perante todos os fenômenos observáveis. Nesse

* Id., 2015, p. 94. ** Id., 1922, p. 19. *** Id., 2014 p. 65.

sentido, não seria exagero afirmar que na concepção de Machen os mistérios da existência e os mistérios da literatura eram os mesmos:

> [...] toda a literatura imaginativa depende dessa faculdade de ver o universo, da pedrinha ancestral à beira da estrada às ruas inóspitas de um subúrbio, como uma coisa nova, inédita, maravilhosa, em suma, milagrosa. As pessoas boas — entre as quais naturalmente me incluo — sentem que tudo é milagroso; admiram-se continuamente com a estranheza da proporção de todas as coisas. As pessoas más, ou cientistas, como por vezes os chamam, sustentam que nada é propriamente um objeto de espanto ou admiração, uma vez que tudo pode ser explicado. E assim recebem um justo castigo.*

Foi a partir dessa concepção mística que a versão original de *O grande deus Pã* foi escrita como um conto em 1890 e mais tarde expandida para a forma definitiva publicada como novela em 1894: após concluir aquilo que hoje é o primeiro capítulo da novela e publicá-lo como um conto avulso sob o nome de "The Great God Pan", Machen começou a trabalhar em um novo conto independente chamado "The City of Resurrections", que — para a surpresa do próprio autor — revelou ser uma continuação do conto anterior. O processo artístico que envolveu a idealização e a escritura dos capítulos restantes foi penoso ao extremo para Machen, que declarou ter sido a novela "escrita aos pedaços, nos intervalos entre várias convulsões literárias".** Em particular o último capítulo "recusava-se a ser escrito",*** e o desespero de Machen com a incapacidade

* Id., 1922, p. 124. ** Id., 2015, p. 94. *** Ibid., p. 38.

de encontrar um fim satisfatório para a narrativa foi tão grande que a certa altura o autor declarou estar "a ponto de rasgá-la em pedaços".*

Apesar das inúmeras dificuldades, *O grande deus Pã* foi concluído. Porém, como na alegoria do escritor que sonha em fogo e trabalha em barro, Machen decepcionou-se com o resultado:

> Reconheço que meu plano era de todo ingênuo; mas eu havia trabalhado de coração, havia me enchido de orgulho: e lá estava o resultado, partido em pedaços nas minhas mãos, uma coisa triste, estragada, digna de pena.**

A recepção da obra foi em boa parte negativa: conforme Machen escreveu, "esse livrinho tinha uma propriedade misteriosa de fazer homens bons espumarem pela boca".*** Foi de fato o que aconteceu: muitos jornais e resenhistas da época mostraram-se ultrajados e ofendidos pelas sutis mas incontestáveis sugestões de sexualidade aberrante contidas na obra. Porém Machen também encontrou admiradores: na época da publicação Oscar Wilde classificou *O grande deus Pã* como "*Un succès fou! Un succès fou!*", e décadas mais tarde Stephen King descreveria a novela de Machen como "uma das melhores histórias de terror de todos os tempos".

A lista de admiradores notáveis incluiu ainda W. B. Yeats, Arthur Conan Doyle e Jorge Luis Borges, que chegou a escrever uma pequena "biografia sintética" sobre o autor galês nas páginas do periódico *El Hogar*. No entanto, um dos mais obstinados admiradores de Machen foi o escritor norte-americano de horror e ficção científica H. P. Lovecraft, que em uma carta de 1923 o descreveu como "o único homem vivo capaz

* Ibid., p. 38. ** Ibid., p. 39. *** Ibid., p. 95.

de inspirar horror verdadeiramente profundo e espiritual"* e anos mais tarde lhe dedicou uma seção de oito páginas no longo ensaio *Supernatural Horror in Literature.* Porém os motivos para ler Machen vão muito além da ascendência que teve sobre o autor norte-americano: o próprio Lovecraft teve a sensibilidade literária de reconhecer no escritor galês um "homem de letras completo e mestre de um estilo sofisticadamente lírico e expressivo",** que "cultivou uma vida imaginativa de rara beleza, intensidade e inspiração histórica".*** Essa descoberta talvez seja a maior recompensa dos que se aventuram a explorar os mistérios ocultos sob o véu de horrores em *O grande deus Pã.*

* Apud S. T. Joshi (Org.), 2000, p. 121. ** H. P. Lovecraft, 1973, p. 88.
*** Ibid.

Referências bibliográficas

ARANTES, José Antonio. "A demanda do mistério". In: MACHEN, Arthur. *O terror, seguido de Ornamentos em jade.* São Paulo: Iluminuras, 2002.

JOSHI, S. T. (Org.). *Lord of a Visible World: An Autobiography in Letters.* Athens: Ohio University Press, 2000.

_____. *The White People and Other Stories: The Best Weird Tales of Arthur Machen.* vol. 2. Hayward: Chaosium, 2003.

_____. *The Terror and Other Stories: The Best Weird Tales of Arthur Machen.* vol. 3. Hayward: Chaosium, 2005.

_____. *The Three Impostors and Other Stories: The Best Weird Tales of Arthur Machen.* vol. 1. Hayward: Chaosium, 2007.

LOVECRAFT, H. P. *Supernatural Horror in Literature.* Nova York: Dover, 1973.

_____. *O chamado de Cthulhu e outros contos.* São Paulo: Hedra, 2009. Trad., intro. e org. de Guilherme da Silva Braga.

MACHEN, Arthur. *Hieroglyphics: A Note Upon Ecstasy in Literature.* Nova York: Mitchell Kennerley, 1913.

_____. *Far Off Things.* Londres: Martin Secker, 1922.

_____. *O terror, seguido de Ornamentos em jade.* São Paulo: Iluminuras, 2002. Trad. e posf. de José Antonio Arantes.

_____. "Introduction". In: _____. *The Great God Pan and The Hill of Dreams.* Mineola: Dover, 2006.

_____. *The Hill of Dreams.* [S.l.]: Quinx Books, 2009.

_____. *The London Adventure.* Newport: Three Impostors, 2014.

_____. *Things Near and Far.* Newport: Three Impostors, 2015.

SWEETSER, Wesley D. *Arthur Machen.* Nova York: Twayne Publishers, 1964.

Introdução à edição de 1916

Arthur Machen

O grande deus Pã foi originalmente publicado em dezembro de 1894. Trata-se, portanto, de um livro que atingiu a maioridade, e alegro-me ao ter a oportunidade de uma nova edição para relembrar o início daquela década de 1890, quando a história foi escrita e publicada — aquela década de 1890 da qual eu não era sequer uma pequena parte, mas uma parte inexistente. Era a época de *The Yellow Book*, de *Keynotes* e da *Keynote Series*, de Aubrey Beardsley e *The Woman Who Did*, de muitas coisas auspiciosas para a literatura e o desenho e o mundo editorial. *O grande deus Pã* teve a boa sorte de ser publicado pela The Bodley Head, que era o centro de um movimento inteiro, e sem dúvida o livro se beneficiou do barulho que o movimento estava fazendo. Mas de certa forma esse foi um ganho indevido, uma vez que a história fora concebida e escrita na solidão, e tinha origem em dias longínquos, vividos em um país distante de Londres, e de sociedades literárias e fraternidades. Até o ponto em que possa representar qualquer coisa, o livro representa não a efervescência da década de 1890, mas as visões que um garotinho teve no fim da década de 1860 e no início da década de 1870.

***

Todos conhecemos o ditado SI JEUNESSE SAVAIT. Respeitei-o ao longo de muitos anos, e somente nos últimos tempos comecei a ter graves dúvidas quanto à verdade dessa afirmação implícita. "Se ao menos a juventude compreendesse..." Mas tenho uma forte suspeita de que, se a juventude compreendesse, seria tão improfícua e tão infértil quanto os mais estéreis anos da velhice. Acredito que a juventude consegue fazer coisas, até o ponto em que consegue fazer coisas, justamente porque não compreende. A suprema e magistral ode de Wordsworth é a morada de um artifício prudente, de cálculos relativos aos meios para um fim; é a região onde as coisas podem ser feitas mediante uma receita, onde os efeitos são todos premeditados e intencionais. É a morada da matéria e a morada do mecanismo. E quando a juventude faz qualquer coisa bem, ou razoavelmente bem, é porque a juventude ainda não foi obscurecida pela sombra dos muros de uma prisão; é porque não compreende. Não; e assim é também na velhice. Cervantes compreendia muito bem que estava prestes a escrever um engenhoso burlesco dos romances de cavalaria, que estava prestes a fazer as pessoas rirem com um bocado de comédia chula e bufonaria grosseira e "situações engraçadas"; compreendia, também, que precisava redimir esse livro da acusação de vulgaridade pura e simples colocando aqui e acolá um pouco de literatura de verdade, sob a forma de elegantes narrativas repletas de sentimento e paixão. Compreendia tudo isso; mas não compreendia nem um pouco que estava a ponto de fazer uma coisa infinitamente maior do que tudo isso; e assim a fez e criou *Dom Quixote*, uma obra-prima nobre e imortal. Essa foi a conquista de uma juventude reconquistada, de uma feliz restauração do estado de ignorância; é o exemplo mais claro que conheço da lei segundo a qual a juventude tem êxito porque não compreende.

***

Nesse ponto é preciso fazer uma descida terrível; que seja então feita depressa. É necessário deixar os píncaros sobranceiros e iluminados e remotos em direção aos outeiros familiares — em outras palavras, explicar como escrevi *O grande deus Pã*. Descobri, longos anos mais tarde, como aquilo tinha sido feito, como os meus efeitos foram produzidos; mas tenho absoluta certeza de que eu nada compreendia acerca das reais origens e essências da história enquanto a escrevia. Tudo veio de uma casa solitária que se erguia na encosta de uma colina, sob um vasto bosque, acima de um rio no país onde nasci.

***

A casa paroquial de Llandewi, onde fui criado, tem vista para um país maravilhoso e encantado. A colina onde a casa se ergue desce a encosta em meio a pomares de maçã rumo a uma brenha ou a um matagal selvagem de vegetação rasteira e samambaias; no coração desse pequeno bosque a fonte borbulha e dá início a um córrego que deságua em Soar Brook. Além da brenha torna a subir a encosta, onde a igreja de Llandewi se ergue em toda a sua antiguidade em meio aos teixos escuros; as colinas tornam-se mais altas à esquerda e à direita, aquelas à direita com densos bosques. Com frequência eu passava a tarde admirando os bosques sob o clima de verão, observando o brilho do sol e o farfalhar do vento naqueles mais próximos, e pensando no que Ulisses havia dito a respeito da querida Zaquinto, "verdejante e de folhas trêmulas". Então, ainda mais além, uma outra elevação, Llanhenoc, e a distância era encoberta pela vasta muralha verde de Wentwood, um resquício, ainda grandioso, do bosque de Gwent que outrora cobria todas as *lana* do baixo Usk e do Wye. E abaixo dessa floresta divisava-se o branco de uma casa, que me disseram chamar-se Bertholly.

E por uma razão qualquer, ou por razão nenhuma, essa casa nos limites das muralhas verdes do meu jovem mundo tornou-se para mim objeto de uma misteriosa atração. Tornou-se um dos muitos símbolos do mundo de maravilhas que se ofereciam a mim, tornou-se, por assim dizer, uma grande palavra na língua secreta através da qual se comunicam os mistérios. Eu sempre pensava nela com sentimentos de reverência, até mesmo de temor; para mim, aquela visão significava... Eu não sabia o quê. E assim foi por muitos anos; mas acho que eu devia ter doze ou treze anos quando vi Bertholly de perto. Meu pai tinha me levado para visitar um pároco que morava em um lugar chamado Tredonoc, e Tredonoc desce até as margens do Usk. No trajeto até lá, atravessamos um labirinto de vales e colinas, em meio a bosques, estradas desgastadas, trilhas em meio a terrenos alagadiços; não víamos as distâncias. Mas após a visita ao pároco, seguimos um pouco mais adiante e, chegando ao topo de uma pequena colina, de repente vimos à nossa frente aquele sonho de beleza mística — o vale do Usk. Mesmo hoje, depois que tantos anos se passaram, depois que tantas coisas foram destruídas para sempre, lembro-me de como aquilo me dominou e me possuiu, como a alma é dominada e subjugada pelo primeiro beijo da Amada.

E lá, sob o vasto verde da floresta, acima dos místicos e argênteos esses do rio, estava Bertholly, ainda mais inexplicável, ainda mais fabulosa, ainda mais prenhe de significado quando vista de perto.

* * *

Stevenson, acredito, conhecia as emoções que estou tentando expressar. No entendimento dele, o problema se apresentava da seguinte maneira: existem determinadas cenas, determinados vales e colinas e pinheirais que exigem que uma história seja escrita a seu respeito. Eu seria mais específico; diria que as emoções suscitadas por essas coisas externas que reverberam no coração são a própria história. Mas, sendo as letras o nosso ofício, precisamos expressar o que sentimos por meio de palavras. E uma vez que as palavras se oferecem, caímos na região da compreensão lógica, somos obrigados a engendrar incidentes e circunstâncias e enredos para "criar uma história"; traduzimos uma colina em uma narrativa, imaginamos cartas de amor para explicar um córrego, transformamos o perfeito no imperfeito. O músico deve ser mais feliz em sua arte, se não for o triste escravo desses lastimosos desatinos que imitam o mugir do gado com um grande corno de metal. O verdadeiro músico exercita a arte perfeita; para ele não existe descida rumo à lógica dos enredos.

Para mim, os pensamentos relativos a Bertholly em meio ao espanto da floresta e ao sopro do rio serpenteante permaneceram durante muitos anos como algo a ser expresso. E a isso se juntou o sonho que eu havia criado para mim em relação a Caerleon-on-Usk, a cidade onde nasci, lugar deveras antigo, outrora lar das legiões, centro de uma cultura romana exilada no coração do mundo celta. Eu tinha visto um homem examinar a reluzente moeda de ouro encontrada pelo jardineiro ao cavar um novo canteiro de frutas. Aquilo brilhava no sol: mas trazia consigo mil e oitocentos anos. Eu tinha visto o vaso de vidro iridescente, belo como uma opala, depois de todos aqueles longos séculos de estada sob a terra, que, segundo dizem, exalou ricos e doces aromas ao sair do profundo túmulo dos éons. Eu havia sonhado sob as ruínas bolorentas da muralha que cercava a cidade romana enquanto o sol punha-se vermelho acima de Twyn Barlwm, eu havia notado as feições lascivas do Fauno incrustado como ornamento na parede de uma casa moderna em Caerleon. Em suma, houve sempre comigo um sonho da antiga cidade e dos antigos ritos que havia testemunhado, com as velhas colinas e os velhos bosques como um profundo círculo verdejante ao redor. Eis, segundo creio, a fonte de minha história. Claro que estou deixando de fora o centro de tudo, ou seja, o coração do autor; mas esse é um segredo oculto ao próprio e revelado apenas aos resenhistas, alguns dos quais me proponho a citar.

***

Pois bem; no ano de 1890, descobri-me com vinte e sete anos, e de certa forma um homem de letras. Permita-me acrescentar que ninguém de mínima importância sabia qualquer coisa a respeito de mim ou da minha ocupação; eu não tinha contatos literários de qualquer tipo ou espécie. Mas eu havia traduzido o *Heptaméron* de Margarida de Navarra e o *Moyen de parvenir* de Béroalde de Verville, e havia escrito um volume de narrativas ao estilo renascentista chamado *The Chronicle of Clemendy*. Enfim, eu tinha adquirido o mau hábito da escrita, uma estranha comichão que funciona de maneira que o paciente, nos momentos em que não está escrevendo ou pensando a respeito de alguma coisa para escrever, sente-se aborrecido e entediado e frustrado. Então eu escrevia.

Comecei como muitos homens de letras, escrevendo textos para o *The Globe*. O *The Globe* pagava um guinéu, mas descobri que a *St. James's Gazette* pagava duas libras pelo mesmo número de palavras, e assim passei a escrever o quanto eu podia para a *St. James's Gazette*. No início essas coisas eram "ensaios" ou artigos sobre assuntos gerais, como livros, lugares pitorescos, dias de verão ou estradas nevadas durante o inverno, canções antigas, velhos provérbios — qualquer coisa que me desse na veneta. Então quis o acaso que eu conhecesse Oscar Wilde, e com ele jantasse, e à mesa de jantar ele me contasse o enredo da história escrita por um amigo, descrito como "maravilhoso". A mim não pareceu tão maravilhoso; não vi por que eu não poderia conceber um enredo tão bom ou quase tão bom — sempre observando, é claro, meu princípio maior, que me foi um excelente conforto durante toda a minha vida literária: o de que nada do que escrevi, estou escrevendo ou hei de escrever possa trazer qualquer utilidade ou benefício para mim ou para qualquer pessoa que seja. Como quer que tenha sido, aventurei-me a escrever uma história levemente fantasiosa (era sobre um baronete que oferecia jantares e mais tarde revelava-se como o cozinheiro de si mesmo) e a enviei para a *St. James's Gazette*, e para minha alegria e surpresa a história foi publicada, e assim comecei minha carreira de escritor. Meus contos eram, em que pese a estranheza, contos "de sociedade"; em que pese a estranheza porque o conhecimento que tenho acerca da sociedade é o mesmo que tenho acerca dos hábitos do corujão-orelhudo.

Por que não mandei o conto "O grande deus Pã" à *St. James's Gazette* eu não saberia explicar. Mas nesse verão de 1890 houve a fundação de um novo periódico semanal chamado *The Whirlwind*. O jornal defendia princípios jacobitas e publicava contos, então quando pensei naquilo que hoje é o primeiro capítulo de *O grande deus Pã* eu o mandei para o *The Whirlwind*, onde o conto saiu. Eu não tinha a menor ideia de que haveria qualquer outra coisa para dar continuidade àquele primeiro capítulo; e foi somente meses mais tarde, por volta de janeiro de 1891, que comecei a escrever um dos meus contos "de sociedade", "A cidade das ressurreições", que agora é o terceiro capítulo do livro. Terminei a história e pensei que aquilo nunca daria certo, pois a sugestão de horror oculto não harmonizava com o tratamento "social": e de repente me ocorreu que aquele conto breve era uma continuação da história publicada no *Whirlwind*; que havia muitos outros capítulos a escrever; em resumo, que eu de um jeito ou de outro havia tido uma ideia. Passei uma tarde inteira feliz, pensando na coisa bela e curiosa que eu havia de inventar. Eu pensava nessa coisa bela e curiosa quando li as provas do livro completo pela primeira vez, e então soltei um gemido ao perceber o enorme abismo que se havia fixado (para mim) entre a ideia e o fato.

Mas tudo está indo rápido demais. Escrevi, com dificuldade atroz, com desesperos mórbidos, com o coração abatido, com a esperança sempre a falhar, tudo a não ser pelo último capítulo do livro. Claro, eu tinha a coisa toda planejada no papel, e enquanto eu seguia de história em história meu castelo de cartas ruiu; esse recurso, eu notava, não serviria de jeito nenhum; aquele incidente jamais poderia sugerir o significado pretendido. Mas de uma forma ou de outra, a coisa estava feita; tudo a não ser pelo último capítulo; e isso eu não conseguia em absoluto fazer. Não havia mais o que tentar, então guardei o manuscrito, praticamente resignado a deixá-lo inacabado para sempre. Foi somente no junho seguinte que uma possível maneira de concluir o livro me ocorreu, e assim, em junho de 1891, tudo estava acabado. Enviei o manuscrito para os srs. Blackwood, de Edimburgo, que muito educadamente o recusaram, elogiando a engenhosidade do livro — não há nada de engenhoso —, porém "distanciando-se", se bem me lembro, "da ideia central". Esqueço se tentei outros editores em vão; mas *O grande deus Pã* foi aceito pelo sr. John Lane da Bodley Head e por ele publicado em 1894.

***

Logo as resenhas começaram a chegar, e foi então que a diversão começou; e devo confessar que me diverti um bocado. Afinal, eu encontrava este tipo de coisa me esperando na mesa do café da manhã:

[...] Não é culpa do sr. Machen, mas antes um infortúnio, que o leitor estremeça de riso e não de terror ao deparar-se com essa assombração psicológica. — *Observer*

Esse horror, lamentamos informar, deixa-nos um tanto frios. Gentis-homens galantes cometem suicídio à mera visão da coisa amaldiçoada; aqui existem inquéritos, augúrios e excursões — e nossa pele recusa-se obstinadamente a se arrepiar. Por quê? Talvez porque tenhamos visto nos últimos tempos um excesso de taumaturgia mórbida, e assim já saibamos "como é que tudo acaba". — *Chronicle*

Nas mãos de um estudante de ocultismo, podia ter se tornado muito poderoso. Da maneira como se apresenta, simplesmente fracassa. — *Sunday Times*

Se o objetivo do sr. Arthur Machen era fazer com que nossa pele se arrepiasse, podemos apenas falar por nós mesmos e dizer que lemos o livro sem qualquer tipo de emoção [...] a história é, de fato, absurda da forma mais elaborada possível [...] sem sentido como alegoria e igualmente absurda sob qualquer outro ponto de vista. — *Westminster*

Sequer o fantasma de um sentimento arrepiante essa história produzirá na mente de qualquer pessoa que a leia. — *Echo*

Essas almas do além não assustam. Na próxima tentativa, no entanto, talvez o autor chegue aonde queria. — *Sketch*

"É verdade", a Anfitriã perguntou com uma risada, "que o *Yellow Book* é uma doença...?" "Sim", prosseguiu o Filósofo, em tom meditativo... "e quanto a 'The House of Shame' e *O grande deus Pã* — bem, existem outros tipos de moléstia que não são mencionados fora de tratados médicos!" — W. L. Courtney, no *Daily Telegraph*

Informamos com pesar que o autor logra êxito somente em parecer ridículo. O livro é, no todo, o mais intensamente e intencionalmente desagradável que já vimos escrito na língua inglesa. Poderíamos dizer mais, porém nos furtamos a proceder assim por receio de dar publicidade a uma obra dessas. — *Manchester Guardian*

Em meio à gloriosa arte do encadernador e do tipógrafo, temos dois contos de pouca distinção. — *National Observer*

O livro é asqueroso, sinistro e tedioso [...] a maioria das leitoras há de abandoná-lo com a mais absoluta repugnância. — *Lady's Pictorial*

Esses truques também têm um lado ridículo. — *Guardian*

Um pesadelo incoerente de sexo e dos mistérios supostamente horríveis que o rondam, como o que poderia ocupar os pensamentos de um homem dado a ruminações mórbidas acerca desses assuntos, que no entanto não tardariam a provocar loucura caso esse ímpeto não seja contido [...] inócuo em razão do absurdo. — *Westminster* (segunda resenha)

* * *

Como a ponte era bem guardada nos bravos tempos de outrora! Folheei as páginas do caderno de anotações onde eu religiosamente guardava esses recortes com uma melancolia terna, que, no entanto, não é de todo triste. Na verdade, meu sentimento era mais próximo ao do homem que encontra uma flor amassada ou uma folha entre as páginas de um velho livro raramente manuseado, que passou anos na prateleira. Ele recorda a situação, qualquer que tenha sido; reconhece que tudo acabou muito tempo atrás, que na melhor das hipóteses não passou de uma leviandade: e, mesmo assim, a pequena flor desbotada traz de volta aquela noite de primavera e faz com que torne a sentir-se um menino. Hoje, esse homem é mais sábio; mas naquele tempo passado os galhos brancos de maio estavam logo acima dos muros do Paraíso. Foi assim que reli essas pequenas flores desbotadas de linguagem, e tornei a sentir-me um menino. Ou melhor, um tipo particular de menino, um menino de trinta anos que quase morreu de fome em uma pensão em Londres, que se esfalfou e desesperou-se em meio à impossível alquimia das letras, sem encontrar nada além de cinzas no cadinho, que dedicou muitos doces anos à obra. É esse menino que torno a encontrar nas folhas do meu velho caderno de anotações. Saúdo-o do outro lado da vasta ponte dos anos e despeço-me com um adeus.

O grande deus Pã

I.
O experimento

"Sinto-me contente por você ter vindo, Clarke; deveras contente. Eu não sabia se você encontraria tempo."

"Consegui deixar tudo arranjado para os próximos dias; eu não tinha muitos compromissos. Mas, Raymond, você não tem nenhum receio? Tem certeza de que é totalmente seguro?"

Os dois homens caminhavam vagarosamente pelo terraço em frente à casa do dr. Raymond. O sol ainda pairava acima da linha de montanhas no ocidente, mas brilhava com uma luminosidade vermelho-fosca que não projetava sombras, e tudo estava na mais absoluta calma; do vasto bosque na encosta um pouco mais acima soprava uma brisa doce, que de tempos em tempos vinha acompanhada pelos arrulhos suaves dos pombos selvagens. Mais abaixo, no longo e lindo vale, o rio serpenteava por entre as colinas solitárias, e, enquanto o sol flutuava e desaparecia no ocidente, uma névoa diáfana, de pura brancura, começou a se erguer das margens. O dr. Raymond virou-se com um movimento brusco em direção ao amigo.

"Seguro? Claro que é seguro. A operação em si é muito simples; qualquer cirurgião seria capaz de executá-la."

"E não existem riscos em outros estágios?"

"Nenhum; posso assegurar a você que não existe qualquer risco físico. Você é sempre temeroso, Clarke, sempre; mesmo assim, conhece a minha história. Durante os últimos vinte anos me dediquei à medicina transcendental. Fui chamado de farsante, charlatão e impostor, mas o tempo inteiro eu sabia que estava no caminho certo. Cinco anos atrás eu atingi o meu objetivo, e desde então todos os dias foram uma preparação para aquilo que vamos fazer hoje à noite."

"Eu gostaria de acreditar que é tudo verdade." Clarke franziu a testa e olhou desconfiado para o dr. Raymond. "Raymond, você tem certeza de que essa teoria não é uma quimera — uma visão sem dúvida esplêndida, mas assim mesmo uma simples visão?"

O dr. Raymond deteve o passo e virou-se com um movimento brusco. Era um homem de meia-idade, abatido e magro, com uma tez amarelo-pálida, mas quando encarou Clarke para responder tinha as faces enrubescidas.

"Clarke, olhe ao redor. Você enxerga a montanha, e as colinas sucedendo-se umas às outras, como as ondas sucedem-se umas às outras, você enxerga os bosques e os pomares, os campos de trigo maduro e os prados que seguem até os juncos à margem do rio. Você me enxerga aqui ao seu lado, e ouve a minha voz; mas eu digo que todas essas coisas — da estrela que acaba de reluzir no céu ao chão em que pisamos —, eu afirmo que não passam de sonhos e sombras; sombras que escondem o mundo real dos nossos olhos. *Existe* um mundo real, que no entanto se encontra além dessa visão e desse simulacro, além de 'caçadas em tapeçaria e sonhos de corrida', além de tudo, como se estivesse do outro lado de um véu. Não sei se existe alguém que um dia tenha podido erguer esse véu; mas sei que eu e você, Clarke, vamos testemunhar hoje à noite o que acontece quando é erguido dos olhos de outra pessoa. Pode ser que tudo isso pareça estranho e absurdo; e pode mesmo ser estranho, mas também é verdadeiro, e os povos antigos sabiam o que significa erguer o véu. Chamavam a isso de ver o deus Pã."

Clarke estremeceu; a névoa branca que surgia sobre as águas do rio era gelada.

"Parece de fato maravilhoso", disse. "Raymond, se o que você disse é verdade, estamos à beira de um estranho mundo. Imagino que esse bisturi seja absolutamente necessário?"

"Sim; mas basta uma pequena incisão na massa cinzenta, nada mais; um discreto rearranjo na configuração de certas células, uma alteração microscópica que escaparia à atenção de noventa e nove entre cem especialistas do cérebro. Não tenho a menor intenção de aborrecer você com jargão técnico, Clarke; eu poderia oferecer uma pletora de detalhes técnicos que soariam muito impressionantes, e no entanto o deixariam tão esclarecido quanto você se encontra agora. De qualquer modo, acredito que você tenha lido por acaso, nos cantos perdidos do jornal, que passos imensos foram recentemente dados em nossa compreensão da fisiologia do cérebro. Um dia desses vi um parágrafo sobre a teoria de Digby e as descobertas de Browne Faber. Teorias e descobertas! Há quinze anos eu estava onde esses homens estão hoje, e não preciso dizer que não estive parado nesses últimos quinze anos. Basta dizer que cinco anos atrás fiz a descoberta a que eu me referia quando disse que então havia atingido o meu objetivo. Após anos de empenho, após anos de labuta e de caminhadas no escuro, após dias e noites de frustração e por vezes desespero, quando vez por outra eu sentia o corpo estremecer e enregelar-se com a ideia de que talvez houvesse outros buscando o mesmo que eu buscava, enfim, após todo esse tempo, uma pontada de alegria repentina fez vibrar minh'alma, e eu soube que a longa jornada havia chegado ao fim. Graças ao que me pareceu e continua a parecer-me um acaso, a sugestão de uma distração momentânea seguiu por linhas e caminhos que eu havia traçado centenas de vezes, a grande verdade se revelou a mim, e assim pude ver, mapeado em linhas de luz, todo um novo mundo, uma esfera desconhecida; ilhas e continentes, e vastos oceanos que embarcação nenhuma havia singrado (segundo acredito) desde que o Homem ergueu os olhos pela primeira vez e contemplou o sol, e as estrelas do céu, e a terra silenciosa mais abaixo. Clarke, talvez pareça um exagero de grandiloquência, mas é difícil ser literal. Mesmo assim, não sei se aquilo a que me refiro não poderia ser expresso em termos simples e familiares. Para dar um exemplo, nosso mundo encontra-se rodeado por fios e cabos telegráficos; o pensamento, com uma velocidade um pouco menor que a do pensamento, propaga-se do raiar do dia ao pôr do sol, de norte a sul, através de planícies e desertos. Imagine que um eletricista de hoje de repente percebesse que ele e os amigos estavam apenas brincando com pedrinhas e tomando-as pelas fundações do mundo; imagine que esse homem visse o espaço sideral revelado na corrente, e as palavras dos homens propagarem-se até o sol e além do sol rumo a sistemas mais além, e as vozes de homens articulados ecoarem no vazio estéril que limita o nosso pensamento. Em se tratando de analogias, essa é uma boa analogia do que fiz; você pode compreender um pouco do que senti naquela noite; era uma noite de verão, e o vale tinha o mesmo aspecto que tem agora; eu estava aqui, e vi diante de mim a voragem inefável e inconcebível que separa estes dois mundos, o mundo da matéria e o mundo do espírito; vi diante de mim o insondável pélago vazio e profundo, e naquele instante uma ponte de luz surgiu da terra rumo àquelas plagas desconhecidas, e o abismo foi transposto. Se quiser, você pode consultar o livro de Browne Faber e descobrir que, até hoje, os homens de ciência não sabem explicar a presença nem especificar as funções de um certo grupo de células nervosas no cérebro. Esse grupo de células é uma terra de ninguém, por assim dizer — um descampado onde grassam teorias especulatórias. Mas eu não estou na posição de Browne Faber e dos especialistas, porque conheço perfeitamente as possíveis funções desse centro nervoso no grande esquema das coisas. Com um simples toque eu posso ativá-lo; com um simples toque, insisto, posso libertar a corrente; com um simples toque posso estabelecer comunicação entre o mundo dos sentidos e — podemos terminar essa frase mais tarde. Sim, o bisturi é necessário; mas pense no que esse bisturi é capaz de fazer! Ele vai derrubar a muralha dos sentidos, e provavelmente, pela primeira vez desde que o homem foi criado, um espírito vai contemplar o mundo espiritual. Clarke, Mary há de ver o deus Pã!"

"Mas você ainda se lembra do que escreveu para mim? Imaginei que seria necessário que ela —"

Clarke sussurrou o restante no ouvido do doutor.

"Não mesmo, não mesmo. Isso não passa de uma bobagem. Eu garanto a você. Na verdade, é ainda melhor assim; tenho certeza."

"Raymond, pense bem. É uma responsabilidade enorme. Alguma coisa pode dar errado; você seria um homem caído em desgraça pelo resto dos seus dias."

"Não, acho que não, ainda que o pior acontecesse. Como você sabe, tirei Mary da sarjeta e livrei-a de uma morte quase certa por inanição ainda na infância; entendo que a vida dela é minha, para usar como eu bem entender. Venha, está ficando tarde; é melhor voltarmos."

O dr. Raymond entrou na casa, atravessou o corredor e seguiu por uma longa passagem escura. Pegou uma chave do bolso, abriu uma pesada porta e fez um gesto convidando Clarke a entrar no laboratório. O recinto havia funcionado em outros tempos como salão de bilhar e era iluminado por uma cúpula de vidro no meio do teto, de onde uma triste luz cinzenta continuou a se projetar sobre a figura do doutor quando Raymond acendeu uma lamparina com uma pesada pantalha e colocou-a no centro da peça.

Clarke olhou ao redor. Havia pouco mais de trinta centímetros de paredes nuas; todo o restante era ocupado por prateleiras repletas de vidros e ampolas das mais variadas formas e cores, e em um dos lados havia uma pequena estante de livros em estilo Chippendale. Raymond apontou para o móvel.

"Você está vendo aquele pergaminho de Oswald Crollius? Foi um dos primeiros a me apontar o caminho, embora eu ache que ele mesmo jamais o tenha encontrado. Eis uma estranha frase dele: 'Em cada grão de trigo esconde-se a alma de uma estrela'."

Não havia muitas peças de mobília no laboratório. A mesa no centro, um tampo de pedra com uma pia em um dos cantos, as duas poltronas onde Raymond e Clarke estavam sentados; não havia mais nada, a não ser por uma cadeira de aparência estranha no fundo da sala. Clarke olhou para ela e ergueu as sobrancelhas.

"Sim, aquela é a cadeira", disse Raymond. "Já podemos colocá-la no lugar." Raymond se levantou e deslizou a cadeira sobre as rodas até que estivesse na luz e começou a levantá-la e baixá-la, mudando a altura do assento, regulando o encosto em diferentes ângulos e ajustando o apoio de pés. Parecia ser um assento confortável, e Clarke passou os dedos sobre o veludo verde e macio enquanto o doutor manipulava as alavancas.

"Agora, Clarke, fique bem à vontade. Tenho ainda duas horas de trabalho pela frente; fui obrigado a deixar certos assuntos para o final."

Raymond foi até o tampo de pedra, e Clarke o observou contristado enquanto se debruçava sobre uma fileira de ampolas e acendia o fogo embaixo do cadinho. O doutor tinha uma pequena lamparina portátil, também envolvida por uma pantalha, em uma prateleira acima do aparato, e Clarke, que estava sentado à sombra, olhou para aquela grande sala desalentada, surpreso com os efeitos bizarros do contraste entre a luz intensa e a escuridão indefinida. Logo percebeu um singular odor no recinto — a princípio apenas a mera sugestão de um odor; porém, à medida que o cheiro se intensificava, Clarke surpreendeu-se ao perceber que aquilo não evocava a botica nem a cirurgia. Clarke esforçou-se em analisar a sensação, e, nesse estado semiconsciente, começou a pensar em um dia quinze anos atrás, passado em andanças em meio aos bosques e pradarias próximos à casa onde morava. Era um dia quente no início de agosto, o calor havia borrado os contornos de todas as coisas e de todas as distâncias com uma névoa diáfana, e as pessoas que observavam o termômetro falavam a respeito de um registro fora do normal, de uma temperatura quase sugestiva dos trópicos. Por estranhas razões, esse maravilhoso dia quente na década de 1850 surgiu na imaginação de Clarke; a sensação de uma luz solar ofuscante que permeava todas as coisas parecia extinguir as luzes e sombras do laboratório, e mais uma vez ele sentiu os sopros de ar quente no rosto, viu as ondulações de calor se erguerem do solo e ouviu os múltiplos murmúrios do verão.

"Espero que o cheiro não o incomode, Clarke; não há nada de insalubre. Você pode sentir um pouco de sono, nada mais."

Clarke ouviu claramente as palavras e sabia que Raymond estava falando com ele, mas não conseguiu de jeito nenhum livrar-se daquela letargia. Conseguiu apenas relembrar a caminhada solitária de quinze anos atrás; fora aquele o último relance dos campos e bosques que havia conhecido desde a infância, e naquele instante tudo reapareceu envolto em uma luz radiante, como se fosse um quadro diante dele. Acima de tudo, Clarke sentia o cheiro do verão, o perfume das flores e a fragrância dos bosques, de lugares frescos à sombra, escondidos em recônditos verdejantes, reavivados pelo calor do sol; e o cheiro da boa terra, que dava a impressão de ter os braços abertos e um sorriso nos lábios, sobrepunha-se a todo o restante. Esses devaneios levaram-no a caminhar, como havia caminhado muito tempo atrás, dos campos ao bosque, percorrendo uma trilha em meio aos arbustos lustrosos que cresciam sob a copa das faias; e o gotejar da água que pingava das rochas calcárias soava como uma delicada melodia no sonho. Os pensamentos começaram a se perder e a mesclar-se a outras recordações; a aleia de faias transformou-se numa trilha em meio às azinheiras, e aqui e acolá uma parreira subia de galho em galho e lançava gavinhas para o alto e envergava-se com o peso das bagas maduras, e a esparsa folhagem verde-acinzentada de uma oliveira selvagem delineava-se contra as sombras escuras das azinheiras. Clarke, envolto pelo manto do sonho, tinha consciência de que a trilha que começava na casa do pai o havia levado a um país desconhecido, e estava admirado com a estranheza de tudo aquilo, quando de repente, em vez dos rumores e murmúrios do verão, um silêncio infinito pareceu descer sobre todas as coisas, e o bosque se calou, e por um breve momento no tempo ele viu-se ante uma presença que não era homem nem besta, não era viva nem morta, mas todas as coisas ao mesmo tempo — a forma de todas as coisas, porém desprovida de forma. Nesse momento o sacramento do corpo e da alma foi dissolvido, e uma voz pareceu dizer "Vamos embora", e a seguir a escuridão da escuridão além das estrelas, a escuridão da infinitude.

Quando acordou com um forte sobressalto, Clarke viu Raymond pingar algumas gotas de um líquido untuoso em uma ampola verde, fechada a seguir com uma rolha.

"Você cochilou", disse; "a jornada deve ter sido cansativa. Mas agora está feito. Vou buscar Mary; devo estar de volta em dez minutos."

Clarke reclinou-se na cadeira e pôs-se a pensar. Era como se tivesse passado de um sonho para outro. Quase esperava ver as paredes do laboratório derreter e desaparecer, para então acordar em Londres, tremendo por conta de um desvario noturno. Mas por fim a porta se abriu, e o doutor retornou, e logo atrás veio uma garota com cerca de dezessete anos, toda vestida de branco. Era tão bela que Clarke não se admirou com nada do que o doutor havia escrito. Tinha o rosto, o pescoço e os braços ruborizados, mas Raymond parecia impassível.

"Mary", disse ele, "a hora chegou. Você sabe que é livre. Deseja mesmo se entregar totalmente a mim?"

"Desejo, querido."

"Ouviu bem, Clarke? Você é minha testemunha. Mary, aqui está a cadeira. Na verdade é tudo muito simples. Basta você sentar-se e inclinar o corpo para trás. Está pronta?"

"Totalmente pronta, querido. Dê-me um beijo antes de começar."

O doutor se inclinou e deu-lhe um beijo afetuoso nos lábios. "Agora feche os olhos", disse. Mary baixou as pálpebras, como se estivesse cansada e ansiasse por dormir, e Raymond levou a ampola verde às narinas da garota. O rosto tornou-se mais pálido que o vestido branco; ela resistiu um pouco, e então, ao sentir a intensidade da força que a subjugava, cruzou os braços na altura do peito, como uma menininha prestes a fazer as orações. A luz forte da lamparina iluminava-lhe toda a figura, e Clarke percebeu naquele rosto mudanças como as que ocorrem nas colinas quando as nuvens de verão cruzam o sol. E assim Mary permaneceu, pálida e inerte, enquanto o doutor levantava-lhe uma das pálpebras. Estava totalmente inconsciente. Raymond pressionou uma das alavancas e no mesmo instante a cadeira baixou. Clarke viu-o fazer um corte circular nos cabelos da garota, como uma tonsura, e a lamparina foi trazida para mais perto. Raymond retirou um instrumento reluzente de um pequeno estojo, e Clarke virou o rosto para longe enquanto sentia o corpo estremecer. Quando tornou a olhar, o doutor estava pondo um curativo sobre o corte que havia feito.

"Ela vai acordar daqui a cinco minutos." Raymond estava perfeitamente composto. "Não há mais nada a fazer; temos apenas que esperar."

Os minutos passavam devagar; ouvia-se um tique-taque lento e pesado. Era o velho relógio no corredor. Clarke sentia-se nauseado e tonto; os joelhos tremiam, e ele mal conseguia se manter de pé.

De repente, enquanto os dois observavam, um longo suspiro foi ouvido, e de repente a cor retornou às faces da garota, e de repente os olhos dela se abriram. Clarke estremeceu ao vê-los. Brilhavam com uma luz terrível, fixos em um lugar distante, e um profundo fascínio tomou conta daquele rosto, e as mãos da garota estenderam-se como se fossem tocar uma presença invisível; mas no instante seguinte o fascínio desapareceu e deu lugar ao mais abjeto terror. Os músculos do rosto sofreram convulsões terríveis, ela estremeceu da cabeça aos pés; a alma parecia lutar e debater-se naquele invólucro de carne. Era uma visão pavorosa, e Clarke deu um salto para a frente quando ela caiu gritando ao chão.

Três dias mais tarde Raymond levou Clarke ao leito de Mary. A garota estava acordada, virando a cabeça de um lado para o outro, com um sorriso nos lábios e o olhar vazio.

"É", disse o doutor, ainda muito composto, "realmente é uma pena; ela está reduzida à condição de uma idiota sem nenhuma esperança de cura. No entanto, não havia como evitar; e, afinal de contas, ela viu o Grande Deus Pã."

II.
O *dossier* do sr. Clarke

O sr. Clarke, cavalheiro escolhido pelo dr. Raymond como testemunha do singular experimento relacionado ao deus Pã, era uma pessoa cujo temperamento encerrava uma estranha mistura de cautela e curiosidade; nos momentos de ceticismo, pensava em assuntos estranhos e excêntricos com aversão declarada, porém no fundo ansiava por explorar os elementos recônditos e esotéricos na natureza do homem. Essa última tendência havia prevalecido quando da aceitação do convite feito por Raymond, pois embora em sã consciência houvesse sempre repudiado as teorias do doutor como verdadeiros absurdos, o sr. Clarke nutria uma crença secreta pelo fantástico, e receberia com júbilo uma confirmação dessa crença. Os horrores testemunhados no austero laboratório foram até certo ponto salutares; o sr. Clarke tinha plena consciência de haver se envolvido em um procedimento um tanto questionável, e por muitos anos a seguir ateve-se bravamente aos lugares-comuns, rejeitando toda sorte de investigação ocultista. A bem dizer, baseado em um princípio homeopático, frequentou por um tempo as sessões de médiuns destacados, na esperança de que os truques canhestros desses cavalheiros pudessem inspirar-lhe uma rejeição permanente de todo e qualquer tipo de misticismo, mas o remédio, embora amargo, não foi eficaz. Clarke sabia que ansiava pelas coisas invisíveis, e pouco a pouco essa velha paixão tornou a se afirmar à medida que o rosto de Mary, trêmulo e desfigurado por um terror incognoscível, apagava-se vagarosamente de suas lembranças. Como estivesse sempre envolvido em compromissos sérios e lucrativos durante o dia, a tentação de relaxar ao entardecer era grande, em particular nos meses de inverno, quando a lareira banhava com uma luz quente o confortável apartamento de solteiro, e uma garrafa de excelente *clairet* estava sempre a postos. Após fazer a digestão, fingia ler o jornal vespertino, porém aquele mero catálogo de notícias logo o aborrecia, e assim Clarke começava a lançar olhares de desejo ardente na direção de uma antiga papeleira japonesa que ficava a uma confortável distância da lareira. Como um menino diante de um pote de geleia, passava minutos indeciso, mas o desejo sempre prevalecia, e Clarke acabava puxando a cadeira, acendendo uma vela e sentando-se em frente à papeleira. Os nichos e as gavetas estavam repletos de documentos a respeito de assuntos mórbidos, e no recesso do móvel repousava um grande volume manuscrito no qual registrava meticulosamente as pérolas da coleção. Clarke tinha um desprezo refinado por livros publicados; para ele, a história mais fantasmagórica perdia o encanto se fosse impressa; seu único prazer era ler, compilar e reorganizar o que chamava de "*Dossier* para provar a existência do Diabo", e quando se entregava à tarefa o entardecer parecia voar e a noite parecia ser curta demais.

Em certa ocasião, numa feia noite de dezembro, preta e nebulosa, com uma geada deveras fria, Clarke terminou o jantar às pressas e mal se dignou a observar o costumeiro ritual de pegar o jornal apenas para largá-lo em seguida. Por duas ou três vezes foi de um lado ao outro da peça, abriu a papeleira, manteve-se imóvel por um instante e sentou-se. Inclinou o corpo para trás, perdido nos sonhos que às vezes o acometiam, e por fim pegou o livro e o abriu na última entrada. Havia três ou quatro páginas densamente cobertas pela caligrafia redonda e austera de Clarke, e no início ele havia escrito com letras um pouco maiores:

> Singular narrativa feita pelo meu amigo dr. Phillips. O dr. Phillips afiançou-me que todos os fatos constantes no relato a seguir correspondem aos ditames da Verdade, porém negou-se a fornecer os Sobrenomes das Pessoas envolvidas, ou mesmo o nome do Lugar onde esses Extraordinários Eventos ocorreram.

O sr. Clarke começou a ler o relato pela décima vez, olhando a intervalos regulares para as anotações que havia feito a lápis quando ouviu a história contada pelo amigo. Um de seus caprichos era o orgulho que sentia de uma certa habilidade literária; tinha o próprio estilo em boa conta, e não poupou esforços para ordenar os acontecimentos em uma sequência dramática. Então Clarke leu a seguinte história: —

> As pessoas mencionadas neste relato são Helen V., que, se ainda estiver viva, deve ser uma mulher de vinte e três anos, Rachel M., desde então falecida, um ano mais moça do que a supracitada, e Trevor W., um cretino com dezoito anos de idade. Quando da ocorrência dos fatos, essas pessoas moravam em um vilarejo na fronteira do País de Gales, lugar de certa importância na época da ocupação romana, mas hoje um povoado esparso, que não somaria mais de quinhentas almas. O vilarejo situa-se em um terreno elevado, a aproximadamente dez quilômetros do mar, e é rodeado por uma floresta vasta e pitoresca.
>
> Cerca de onze anos atrás, Helen V. chegou ao vilarejo em circunstâncias um tanto peculiares. Entende-se que, por ser órfã, tinha sido adotada ainda na infância por um familiar distante que a criou em casa até a idade de doze

anos. No entanto, por acreditar que seria melhor para a criança ter amigos da mesma idade, essa pessoa fez circular, em diversos jornais locais, um anúncio no qual procurava uma fazenda confortável que pudesse servir de novo lar para uma menina de doze anos, e esse anúncio foi respondido pelo sr. R., um fazendeiro abastado que morava no vilarejo. Uma vez estabelecidas as referências satisfatórias, o cavalheiro mandou a filha adotiva para a propriedade do sr. R., acompanhada de uma carta estipulando que a menina devia ter um quarto apenas para si e que os guardiões não deviam se preocupar em oferecer-lhe qualquer tipo de educação, posto que já tinha educação suficiente para a posição que havia de ocupar na vida. A bem dizer, subentendia-se que o sr. R. devia permitir que a menina escolhesse as próprias ocupações e passasse o tempo praticamente como bem lhe aprouvesse. Conforme o combinado, o sr. R. foi buscá-la na estação mais próxima, em uma pequena cidade a doze quilômetros da fazenda onde morava, e não parece ter percebido nada de extraordinário no caráter da menina, a não ser que era um tanto reticente em relação à vida pregressa e ao pai adotivo. No entanto, tinha uma aparência que em nada se assemelhava à dos outros habitantes do vilarejo; a pele era oliva-clara, quase pálida, e as feições do rosto eram bastante marcadas e imbuídas de um caráter estrangeiro. Ela parece ter se adaptado bem à vida na fazenda, e logo tornou-se muito querida pelas outras crianças, que às vezes a acompanhavam em andanças pela floresta, pois esse era seu passatempo favorito. O sr. R. afirma que a menina costumava sair para caminhar sozinha pela manhã, logo após o desjejum, e voltar somente após o cair da noite, e que, contrariado ao ver uma menina tão jovem passando tantas horas sozinha, entrou em contato com o pai adotivo, que respondeu em um bilhete de poucas palavras que Helen podia fazer como bem entendesse. No inverno, quando as trilhas da floresta se encontram cobertas de neve, a menina passava o tempo inteiro no quarto, onde dormia sozinha, de acordo com as instruções do familiar. Foi durante uma dessas expedições à floresta que ocorreu o primeiro dos incidentes singulares que envolvem essa menina, cerca de um ano depois que havia chegado ao vilarejo. O inverno anterior fora excepcionalmente rigoroso, com neves que atingiram uma grande altura e geadas que continuaram por um período sem precedentes, enquanto o verão a seguir foi notável por conta do calor excessivo. Em um dos dias mais quentes desse verão, Helen V. deixou a propriedade para mais uma das longas andanças pela floresta, levando, como de costume, pão e carne para o almoço. A menina foi vista por homens que estavam no campo enquanto seguia rumo à antiga Estrada Romana, um caminho verdejante que atravessa a parte mais alta do bosque, e todos ficaram impressionados ao ver que havia tirado o chapéu, embora o calor do sol fosse quase sugestivo dos trópicos. Por acaso, um trabalhador chamado Joseph W. estava na floresta próxima à Estrada Romana, e ao meio-dia o filho Trevor levou pão e queijo para o almoço do pai. Ao cabo da refeição, o menino, que tinha por volta de sete anos na época, deixou o pai retornar ao trabalho e, conforme disse, foi procurar flores no bosque, enquanto o homem, que ouvia os gritos de júbilo motivados pelas descobertas do filho, não via qualquer motivo para se preocupar. De repente, no entanto, horrorizou-se ao escutar gritos absolutamente pavorosos, sem dúvida causados por um terror profundo, que vinham da direção por onde o filho havia seguido, e assim largou as ferramentas e correu para ver o que tinha acontecido. Seguindo na direção do som, encontrou o menino, que corria o mais depressa que podia e estava claramente apavorado, e ao questioná-lo descobriu que, após colher um buquê de flores, o menino havia sentido cansaço, deitado na grama e adormecido. Foi acordado de repente, segundo o relato que fez, por um estranho ruído, descrito como uma espécie de canto, e ao espiar por entre os galhos viu Helen V. brincando na grama com um "estranho homem nu", que no entanto foi incapaz de descrever em maior detalhe. O menino disse que se sentiu apavorado e saiu correndo e gritando pelo pai. Joseph W. seguiu na direção indicada pelo filho e encontrou Helen V. sentada na grama em meio a uma clareira ou a um espaço aberto deixado por carvoeiros. Tomado pela raiva, acusou-a de ter assustado o filho, porém a menina negou a acusação com veemência e riu ao ouvir a história sobre o "estranho homem", à qual o próprio interpelante não havia dado muito crédito. Joseph W. chegou à conclusão de que o menino havia acordado com um pavor repentino, como por vezes ocorre às crianças, mas Trevor insistiu na história e continuou tão abalado que no fim o pai levou-o para casa, na esperança de que a mãe pudesse oferecer-lhe consolo. Por muitas semanas após o ocorrido, no entanto, o menino causou enorme preocupação aos pais; começou a evidenciar um comportamento nervoso e estranho, recusando-se a sair de casa sozinho e em diversas ocasiões alarmando a casa inteira quando acordava de noite aos gritos de "O homem do bosque! Pai! Pai!".

Com o passar do tempo, no entanto, a impressão pareceu se apagar, e cerca de três meses depois Trevor acompanhou o pai à casa de um cavalheiro que morava na vizinhança e para quem Joseph W. ocasionalmente prestava serviços. O homem foi acompanhado até o estúdio e o menino permaneceu sentado no vestíbulo, e poucos minutos depois, enquanto o cavalheiro fornecia a W. instruções sobre o serviço, os dois homens horrorizaram-se ao ouvir um grito cortante e o som de uma queda, e ao abrir a porta viram o menino inconsciente no chão com o rosto desfigurado por uma expressão de terror. O médico foi chamado de imediato, e após examinar o paciente afirmou que Trevor estava sofrendo um tipo de surto, aparentemente provocado por um choque súbito. O menino foi levado a um dos quartos, e passado um tempo recobrou a consciência, embora apenas para sucumbir a uma condição descrita pelo médico como sendo um violento acesso de histeria. O médico deu-lhe um forte sedativo, e ao cabo de duas horas declarou-o apto a voltar para casa, porém ao cruzar o vestíbulo os paroxismos de terror voltaram com força redobrada. O pai notou que o menino estava apontando para um objeto e mais uma vez ouviu o antigo grito, "O homem do bosque", e ao olhar na direção indicada descobriu um rosto de pedra de aspecto grotesco incorporado à parede acima de uma das portas. Parece que não muito tempo atrás o proprietário havia feito reformas na casa, e ao escavar as fundações para construir um novo escritório, os trabalhadores encontraram um curioso busto, sem dúvida do período romano, que então fora posto no corredor da maneira descrita. Segundo as declarações dos mais experientes arqueólogos do distrito, o busto representa um fauno ou um sátiro.*

Independentemente do motivo, esse segundo choque foi severo demais para o menino, e hoje Trevor sofre com uma fraqueza do intelecto que praticamente não apresenta perspectivas de melhora. O assunto causou sensação na época, e a menina Helen foi questionada em detalhe pelo sr. R., embora sem nenhum resultado, pois negou

* O dr. Phillips afirmou ter visto o busto em questão, e afiançou-me que jamais havia presenciado uma representação tão vívida do mal absoluto.

categoricamente que houvesse assustado ou molestado Trevor de qualquer forma que fosse.

O segundo evento relacionado ao nome dessa menina ocorreu há cerca de seis anos e reveste-se de um caráter ainda mais extraordinário.

No começo do verão de 1882 Helen travou uma amizade de caráter particularmente íntimo com Rachel M., filha de um próspero fazendeiro da vizinhança. A menina, que era um ano mais moça do que Helen, era considerada pela maioria das pessoas a mais bonita dentre as duas, embora as feições de Helen se tornassem cada vez mais suaves à medida que crescia. As duas garotas, que estavam juntas em todas as oportunidades possíveis, apresentavam um singular contraste, uma de pele oliva-clara e aparência quase italiana, e a outra com o proverbial vermelho e branco de nossos distritos rurais. Deve-se mencionar que os pagamentos feitos pelo sr. R. para o sustento de Helen eram conhecidos no vilarejo pelo excesso de liberalidade, e a impressão geral era que um dia a garota haveria de herdar uma grande soma monetária do familiar distante. Por esse motivo, os pais de Rachel não se opunham à amizade da filha com a garota, e chegavam até mesmo a incentivar a intimidade entre as duas, embora hoje se arrependam amargamente dessa conduta. Helen continuava a nutrir um apego extremo à floresta, e em diversas ocasiões Rachel a acompanhava, quando então as duas amigas partiam de manhã cedo e permaneciam no bosque até o cair da noite. Uma ou duas vezes após o retorno dessas excursões a sra. M. achou que a filha apresentava um comportamento bastante peculiar; parecia lânguida e sonhadora, e, como foi dito, "diferente de si mesma", mas essas peculiaridades foram consideradas demasiado banais para que recebessem qualquer tipo de atenção. Certa noite, no entanto, depois que Rachel chegou em casa, a mãe ouviu um som que parecia um choro abafado no interior do quarto da garota, e ao entrar encontrou-a deitada na cama, em parte despida, visivelmente em um estado de profundo sofrimento. Assim que viu a mãe, a garota exclamou, "Ah, mãe, mãe, por que você me deixou ir à floresta com Helen?". A sra. M. surpreendeu-se com a estranha pergunta e pôs-se a questioná-la. Rachel contou uma história completamente fantasiosa. Disse que —

Clarke fechou o livro com um estalo e virou a cadeira em direção ao fogo. Quando o amigo estava sentado naquela mesma cadeira, fazendo o relato, Clarke o interrompeu logo após esse ponto, abafando-lhe as palavras em meio a um paroxismo de horror. "Meu Deus", havia exclamado, "pense, pense no que você está dizendo! É incrível demais, monstruoso demais; essas coisas não podem existir nesse mundo pacato, onde homens e mulheres vivem e morrem, travam lutas e fazem conquistas, ou então fracassam e sucumbem à tristeza, e lamentam-se e sofrem com uma estranha sina por anos a fio; não, Phillips, essas coisas não podem existir. Precisa haver uma explicação, uma forma de fugir a esse terror. Ora, se um caso desses fosse mesmo possível, nossa terra seria um pesadelo."

Mas Phillips havia contado a história até o fim, e concluiu: "O desaparecimento dela continua sendo um mistério até hoje; ela sumiu em plena luz do dia; viram-na caminhando pela pradaria, e instantes depois não estava mais lá."

Sentado ao pé do fogo, Clarke tentou conceber tudo aquilo, e uma vez mais os pensamentos fizeram-no estremecer e recuar, horrorizado com a visão daqueles elementos terríveis e inefáveis que pareciam entronizados e triunfantes na carne humana. Diante dos olhos, viu estender-se o amplo e diáfano panorama do caminho verdejante em meio à floresta, conforme o amigo o havia descrito: viu as folhas balouçantes e as sombras trêmulas na grama, viu a luz do sol e as flores, e ao longe, muito ao longe, duas figuras que vinham a seu encontro. Uma era Rachel, mas e a outra?

Clarke tentou ao máximo desacreditar tudo aquilo, mas no fim do relato, da forma como o havia escrito no livro, fez a inscrição:

ET DIABOLUS INCARNATUS EST. ET HOMO FACTUS EST.

III.
A cidade das ressurreições

"Herbert! Pelo bom Deus! Será possível?"

"Sim, meu nome é Herbert. Acho que também conheço o seu rosto, mas não recordo o seu nome. Minha memória anda muito esquisita."

"Você não se lembra de Villiers, do Wadham College?"

"É verdade, é verdade. Perdoe-me, Villiers. Não imaginei que eu estivesse pedindo esmolas a um velho amigo da universidade. Boa noite."

"Meu caro, essa pressa não se faz necessária. Meus aposentos ficam perto daqui, mas não precisamos ir direto para lá. O que você me diz de fazermos antes uma pequena caminhada pela Shaftesbury Avenue? E, Herbert, pelo amor de Deus, como foi que você acabou nessa situação?"

"É uma história longa, Villiers, e também estranha, mas posso contar tudo se você quiser."

"Então pode começar. Pegue o meu braço; você parece estar meio fraco."

O malfadado par de amigos subiu vagarosamente a Rupert Street; um vestido com andrajos sujos e medonhos, o outro trajado com o uniforme regimental de um homem da cidade, alinhado, lustroso e acima de tudo bem-sucedido. Villiers tinha saído de um restaurante após um excelente jantar de muitos pratos, acompanhado por uma lisonjeira garrafa de Chianti, e, no estado de espírito que lhe era praticamente crônico, deteve-se por um instante junto ao marco da porta e correu os olhos pela rua de iluminação difusa em busca dos misteriosos personagens e incidentes que fervilham nas ruas de Londres em todos os bairros e em todas as horas. Villiers se orgulhava da experiência que tinha ganhado como explorador dos labirintos e recônditos obscuros da vida londrina, e havia demonstrado nessa vã busca um empenho digno de melhor emprego. Assim, parou junto ao poste de iluminação pública e começou a examinar os passantes com evidente curiosidade, e, com a gravidade que se encontra apenas nos frequentadores sistemáticos de bons restaurantes, tinha acabado de enunciar em pensamento a seguinte fórmula: "Londres já foi chamada de Cidade dos Encontros; porém é mais do que isso, é a Cidade das Ressurreições", quando teve essas reflexões interrompidas por um balbucio digno de pena ouvido às costas e um deplorável pedido de esmola. Virou-se sem esconder uma ponta de irritação e, com um tremendo sobressalto, defrontou-se com a prova viva daqueles devaneios algo pretensiosos. A seu lado, com o rosto alterado e desfigurado pela pobreza e pela desgraça, com o corpo precariamente coberto por andrajos mal ajustados, estava o velho amigo Charles Herbert, que havia se matriculado no mesmo dia que ele e com quem havia sido feliz e sábio por doze períodos acadêmicos consecutivos. As discrepâncias nas ocupações e as diferenças nos interesses haviam interrompido a amizade, e fazia seis anos que Villiers não via Herbert; naquele instante, olhou para aquele homem arruinado com tristeza e desesperança, e ao mesmo tempo com uma certa curiosidade em relação à temível sequência de acontecimentos que o havia reduzido àquela situação dolorosa. Além de compaixão, Villiers sentiu também o júbilo do amante de mistérios, e parabenizou-se pelas especulações descompromissadas em frente ao restaurante.

Os dois caminharam em silêncio por um tempo, e mais de um passante olhou estarrecido para o improvável espetáculo protagonizado por aquele homem elegante que conduzia pelo braço um mendigo inconfundível, de maneira que, ao perceber esses olhares, Villiers entrou em uma rua obscura no Soho. Em seguida repetiu a pergunta.

"Herbert, o que foi que aconteceu? Eu sempre havia entendido que você assumiria um cargo excelente em Dorsetshire. O seu pai deserdou você? Não pode ser..."

"Não, Villiers; herdei toda a propriedade após a morte do meu pobre pai; ele morreu um ano depois que saí de Oxford. Foi um ótimo pai, e lamentei essa perda com todo o meu coração. Mas você sabe como são os jovens; poucos meses depois vim para a cidade e comecei a frequentar os círculos sociais daqui. Claro que estabeleci excelentes contatos, e pude aproveitar essa nova vida de maneira quase inofensiva. Cometi certas leviandades, sem dúvida, mas nunca corri grandes riscos, e as apostas que fiz nos cavalos renderam-me dinheiro — apenas umas poucas libras, claro, mas assim mesmo o suficiente para bancar meus charutos e outros prazeres fúteis. Foi apenas na segunda temporada que a maré virou para mim. Você com certeza teve notícias do meu casamento?"

"Não, nunca ouvi nada a respeito."

"Pois eu me casei, Villiers. Conheci uma garota, uma garota de beleza fantástica e estranha, na casa de uns conhecidos. Não posso dizer que idade ela tinha; eu mesmo nunca soube, mas imagino que tivesse por volta de dezenove anos quando nos encontramos. Meus amigos a haviam conhecido em Florença; ela contou-lhes que era órfã, filha de pai inglês e mãe italiana, e encantou a todos da mesma forma como encantou a mim. A primeira vez que a vi foi numa festa ao entardecer. Eu estava junto da porta, falando com um amigo, quando de repente, por cima dos murmúrios e balbucios da conversa, ouvi uma voz que pareceu tocar meu coração. Ela estava cantando uma canção italiana. Fomos apresentados nessa mesma noite, e três meses depois eu e Helen nos casamos. Villiers, aquela mulher, se é que posso chamá-la de mulher, corrompeu minh'alma! Na noite de núpcias eu estava sentado no quarto do hotel, ouvindo-a falar. Ela estava sentada na cama, e eu a escutei falar com aquela linda voz, escutei-a falar a respeito de coisas que mesmo hoje eu não me atreveria a dizer sequer aos sussurros em uma noite escura, ainda que estivesse no meio de uma floresta! Você, Villiers, você talvez pense que conhece a vida de Londres e tudo que acontece dia e noite nessa cidade terrível; até onde sei você pode ter ouvido histórias das mais sórdidas, porém insisto em dizer que você não faz ideia a respeito das coisas que sei, e que nem mesmo nos sonhos mais fantásticos e grotescos você pode ter vislumbrado a mais remota sombra do que ouvi — e vi. Sim, vi. Eu vi o inacreditável, vi horrores que fazem com que eu mesmo por vezes detenha o passo no meio da rua e me pergunte se é possível que um homem testemunhe aquelas coisas e escape com vida. Ao fim de um ano, Villiers, eu era um homem arruinado, de corpo e alma — de corpo e alma."

"Mas, Herbert, o que aconteceu com a sua propriedade? Você tinha terras em Dorset."

"Vendi tudo; os campos e os bosques, a antiga casa que me era tão cara — tudo."

"E o dinheiro?"

"Ela tirou tudo de mim."

"E depois foi embora?"

"É; simplesmente desapareceu uma noite. Não sei para onde foi, mas tenho certeza de que se eu a visse outra vez ela me mataria. O restante da história não tem nenhum interesse; tudo se resume a sordidez e miséria. Villiers, talvez você ache que exagerei e falei apenas para impressionar; mas não contei nem metade da história. Eu poderia dizer coisas que bastariam para convencê-lo, mas nesse caso você nunca mais saberia o que é um dia feliz. Passaria o resto da vida como eu passo a minha, como um homem assombrado, um homem que viu o inferno."

Villiers levou aquele homem desafortunado para seus aposentos e ofereceu-lhe uma refeição. Herbert comeu pouco e mal tocou a taça de vinho que lhe fora servida. Ficou sentado em silêncio ao pé da lareira com o semblante grave, e pareceu aliviado quando Villiers o dispensou e presenteou-o com uma pequena soma em dinheiro.

"A propósito, Herbert", disse Villiers, enquanto os dois se despediam na porta, "como era mesmo o nome da sua esposa? Você disse que ela se chamava Helen, se não me engano. Helen o quê?"

"O nome que me deu quando nos conhecemos foi Helen Vaughan, mas eu não saberia dizer qual é o verdadeiro nome dela. Acho que talvez nem tenha um nome. Não, não, não nesse sentido. Apenas seres humanos têm nomes, Villiers; não posso dizer mais nada. Adeus, e não se preocupe; prometo fazer-lhe uma visita se eu descobrir como você poderia me ajudar. Boa noite."

O homem saiu rumo à noite cortante, e Villiers retornou à lareira. Algo a respeito de Herbert o havia chocado de maneira inexplicável; não eram os andrajos miseráveis nem as marcas que a pobreza havia deixado em seu rosto, mas um terror indefinido que pairava sobre ele como uma névoa. Herbert reconhecera que não era isento de culpa; a mulher, segundo tinha afirmado, corrompera-o de corpo e alma, e Villiers sentiu que aquele homem, outrora um amigo, tinha protagonizado cenas de um mal que estava além do poder das palavras. A história não precisava de confirmação: o próprio Herbert era a prova viva. Villiers começou a especular sobre a história que tinha ouvido e se perguntou se a teria ouvido do início ao fim. "Não", pensou, "certamente não até o fim, e provavelmente apenas o começo. Um caso assim é como uma série de caixas chinesas; você abre uma atrás da outra e a cada nova caixa encontra um trabalho mais insólito do que o anterior. Muito provavelmente o pobre Herbert não passa de uma das caixas externas; há outras mais estranhas que ainda não se revelaram."

Villiers não conseguia afastar os pensamentos de Herbert e de sua história, que parecia cada vez mais estranha à medida que a noite passava. O fogo já estava baixo, e o ar gélido da manhã esgueirou-se para o interior da peça; Villiers se levantou com um olhar por cima do ombro e, tremendo de leve, foi se deitar.

Poucos dias mais tarde, Villiers encontrou no clube um cavalheiro de nome Austin, famoso pela intimidade que mantinha com a vida de Londres, tanto em aspectos luminosos como em aspectos tenebrosos. Ainda sob o efeito do encontro no Soho e das consequências que havia desencadeado, imaginou que Austin talvez pudesse jogar nova luz sobre a história de Herbert, de maneira que, após uma troca casual, de repente perguntou:

"Você por acaso conhece um homem chamado Herbert — Charles Herbert?"

Austin virou-se de repente e encarou Villiers com uma expressão de surpresa.

"Charles Herbert? Você não estava na cidade três anos atrás? Não; então não ouviu falar do caso da Paul Street? Foi uma sensação na época."

"O que aconteceu?"

"Bem, um cavalheiro, homem de muito boa posição, foi encontrado morto, morto de pedra, na entrada do porão de uma casa na Paul Street, próximo à Tottenham Court Road. Claro que não foi a polícia que fez a descoberta; quando você passa a noite em claro com uma lamparina acesa na janela, o guarda sempre toca a campainha, mas se você está morto na entrada do porão de outra pessoa, ninguém aparece. Nesse caso, como em muitos outros, o alarme foi dado por um vagabundo; e não me refiro a um mendigo qualquer, ou sequer a um frequentador de tabernas, mas a um cavalheiro que, ao tratar de negócios, prazeres ou ambos, tornou-se um observador das ruas de Londres às cinco da manhã. Esse indivíduo afirmou que estava 'indo para casa', embora não tenha ficado claro de onde vinha nem para onde ia, e assim percorreu a Paul Street entre quatro e cinco horas da manhã. Alguma coisa chamou-lhe a atenção na altura do número 20; por mais absurdo que pareça, o cavalheiro em questão afirmou que essa casa tinha a fisionomia mais desagradável que já tinha visto, mas assim mesmo resolveu olhar para a entrada do porão e surpreendeu-se ao descobrir um homem caído sobre o pavimento de pedra, com os braços e as pernas amontoados e o rosto voltado para cima. Nosso cavalheiro achou que o rosto tinha uma aparência particularmente sinistra, e assim saiu correndo à procura do policial mais próximo. A princípio o guarda mostrou-se inclinado a tratar o assunto com descaso, suspeitando tratar-se de uma embriaguez qualquer; porém mudou o tom assim que chegou ao local e viu o rosto do homem. O madrugador responsável pela descoberta saiu em busca de um médico, enquanto o policial tocou a campainha e bateu na porta até que uma jovem criada de aparência vulgar abriu a porta com uma expressão sonolenta. O guarda apontou para o conteúdo em frente à entrada do porão e a criada gritou alto o bastante para acordar toda a vizinhança, mas afirmou não saber nada sobre aquele homem; jamais o tinha visto na casa e assim por diante. Nesse meio-tempo o descobridor original havia voltado com um médico, e o passo seguinte foi descer à entrada do porão. O portão estava aberto, então o quarteto completo desceu os degraus. O médico não precisou examinar o sujeito por mais do que alguns instantes; declarou que o coitado estava morto havia várias horas, e foi então que o caso começou a ficar interessante. O morto não fora roubado, e tinha em um dos bolsos documentos que o identificavam como — bem, como um homem de boa família e abastado, benquisto na sociedade e sem inimigos conhecidos. Não informo o nome, Villiers, porque o nome não tem nada que ver com a história, e também porque não faz bem remexer os assuntos dos mortos quando ainda têm parentes vivos. O outro detalhe curioso foi que os médicos não conseguiram chegar a um acordo sobre a causa da morte. O homem tinha pequenos hematomas nos ombros, mas eram tão discretos que davam a impressão de que o homem teria sido empurrado para fora da porta da cozinha, e não atirado da rua por cima da balaustrada, ou mesmo arrastado pelos degraus. Mas não havia outros sinais de violência, certamente nada que pudesse explicar aquela morte; e durante a autópsia não foi encontrado qualquer resquício de veneno. Claro que a polícia quis saber tudo que se poderia saber a respeito dos moradores do número 20, e nesse ponto, segundo informaram-me os meus contatos particulares, surgiram mais um ou dois detalhes muito interessantes. Parece que os ocupantes da casa eram um sr. e uma sra. Herbert; Charles, o marido, supostamente era proprietário de terras, embora muita gente tenha notado que a Paul Street não seria um lugar muito adequado para representantes da nobreza rural. Quanto à sra. Herbert, ninguém parecia saber quem ou o que era, e, cá entre nós, imagino que os detalhes sobre a vida dessa mulher se encontravam em águas um tanto estranhas. Claro que os dois negaram qualquer tipo de relação com o falecido e, dada a ausência de provas, foram liberados. Mesmo assim, surgiram revelações um tanto singulares a respeito do casal. Embora o cadáver tenha sido removido do local entre cinco e seis horas da manhã, uma grande multidão havia se aglomerado, e muitos dos vizinhos correram para ver o que estava acontecendo. Essas pessoas fizeram comentários bastante indiscretos, e pôde-se depreender que a casa de número 20 cheirava mal a toda a

Paul Street. Os detetives buscaram um fundamento sólido e baseado em fatos para esses rumores, mas não conseguiram encontrar nada. As pessoas simplesmente balançavam a cabeça e erguiam as sobrancelhas e diziam que os Herbert eram 'esquisitos' que 'preferiam não frequentar' a casa deles e assim por diante, mas não havia nenhum elemento tangível. As autoridades tinham uma certeza moral de que o homem encontrara a morte no interior da casa e fora jogado para a rua pela porta da cozinha, mas eram incapazes de provar essa teoria, e a ausência de indícios de violência ou traços de veneno impedia que quaisquer providências fossem tomadas. Um caso singular, não? Mas, por mais curioso que pareça, tem mais um detalhe que eu ainda não lhe contei. Eu conhecia um dos médicos consultados a respeito da *causa mortis*, e um tempo após a instauração do inquérito eu o encontrei e perguntei a respeito. 'Quer dizer que você ficou de fato perplexo com o caso', perguntei, 'e realmente não sabe como aquele homem morreu?' 'Pelo contrário', respondeu o médico, 'eu sei perfeitamente bem o que causou a morte. O sr. Lacuna morreu de medo, de um terror abjeto em estado bruto; nunca vi feições tão desfiguradas em toda a minha prática médica, e note que já vi os rostos de uma hoste inteira de mortos.' O médico em geral era um sujeito bastante frio, mas na ocasião notei que estava um pouco exasperado, mesmo que eu não tenha conseguido mais nenhuma informação. Imagino que o Tesouro não tenha encontrado forma de oferecer uma denúncia contra os Herbert por matar um homem de susto; enfim, não se fez nada, e o caso foi relegado ao esquecimento. Você por acaso teve notícias de Herbert?"

"Bem", respondeu Villiers, "ele era meu amigo na época da universidade."

"Não diga! Você chegou a conhecer a esposa dele?"

"Não, não a conheci. Passei anos sem ver Herbert."

"É esquisito, não? Despedir-se de um colega junto aos portões da universidade ou em Paddington, passar anos a fio sem ter notícias e por fim redescobri-lo em uma conjuntura tão singular quanto essa. Mas eu gostaria de ter visto a sra. Herbert; as pessoas me disseram coisas extraordinárias a respeito dela."

"Que tipo de coisas?"

"Bem, eu mal saberia como explicar. Todos os que a viram no tribunal de polícia disseram que era ao mesmo tempo a mulher mais linda e mais repulsiva que já tinham visto. Falei com um homem que a viu e posso dizer que o sujeito literalmente tremia enquanto tentava descrever essa mulher, embora não soubesse explicar por quê. Ela parece ter sido um enigma e tanto; imagino que, se o homem encontrado morto pudesse falar, contaria histórias deveras esquisitas. E nesse ponto você se depara com mais um quebra-cabeça; o que um cavalheiro respeitável da nobreza rural como o sr. Lacuna (vamos chamá-lo assim, se você não se importa) poderia querer em um endereço tão esquisito quanto a casa no número 20? É um caso bastante singular do início ao fim, não?"

"De fato, Austin; um caso extraordinário. Quando perguntei sobre o meu velho amigo, nunca imaginei que eu faria uma descoberta tão singular. Bem, tenho que me pôr a caminho; bom dia."

Villiers foi embora, pensando sobre o conceito das caixas chinesas; de fato, aquele era um trabalho deveras insólito.

IV.
A descoberta na Paul Street

Poucos meses após o encontro de Villiers com Herbert, o sr. Clarke havia, como de costume, terminado o jantar e sentado próximo à lareira, tentando evitar que os devaneios o atraíssem em direção à papeleira. Por mais de uma semana conseguira manter-se longe do "*Dossier*", e nutria esperanças de uma recuperação completa; mas, apesar dos esforços, não logrou calar o espanto e a estranha curiosidade despertados por aquele último caso registrado. Tinha apresentado conjecturalmente o caso, ou antes as linhas gerais do caso, a um amigo de temperamento científico, que balançou a cabeça e disse que Clarke estava cada vez mais esquisito; nessa noite em particular, Clarke esforçava-se por racionalizar a história quando uma batida na porta interrompeu suas meditações.

"O sr. Villiers gostaria de vê-lo."

"Quem diria! Villiers, é muita bondade sua me procurar; não nos vemos há meses; talvez há quase um ano. Entre, por favor. Como você tem passado, Villiers? Veio em busca de conselhos sobre investimentos?"

"Não, obrigado, acho que todos os meus investimentos estão garantidos. Não, Clarke, vim para consultar você a respeito de um assunto curioso que recentemente chegou a meu conhecimento. Imagino que você vá considerar tudo um tanto absurdo quando eu contar a história. Eu mesmo às vezes penso assim, e foi por isso que decidi consultá-lo, porque sei que você é um homem pragmático."

O sr. Villiers ignorava a existência do "*Dossier* para provar a existência do Diabo".

"Bem, Villiers, para mim vai ser um prazer oferecer-lhe o melhor conselho que eu tiver a dar. Qual é a natureza do caso?"

"É uma coisa totalmente extraordinária. Você me conhece; sempre ando muito atento pela rua e já me deparei com sujeitos esquisitos e casos esquisitos, mas esse, acho eu, supera todos os demais. Eu estava saindo de um restaurante em uma noite terrível de inverno cerca de três meses atrás; tinha degustado um jantar capital e uma excelente garrafa de Chianti, e me detive por um momento na calçada, pensando nos mistérios das ruas de Londres e das companhias que as percorrem. Uma garrafa de vinho tinto confere ímpeto a esses devaneios, Clarke, e atrevo-me a dizer que eu havia pensado o equivalente a uma página inteira em tipografia miúda quando um mendigo abordou-me por trás com as súplicas costumeiras. Ao me virar, percebi que esse mendigo era o que havia restado de um velho amigo meu, um homem chamado Herbert. Perguntei como havia acabado naquela situação miserável, e Herbert pôs-se a contar a história. Caminhamos por uma daquelas ruas compridas e escuras do Soho enquanto eu o escutava. Disse que havia casado com uma bela garota um pouco mais jovem que, nas palavras dele, corrompeu-o de corpo e alma. Herbert não quis entrar em detalhes; disse que não se atrevia, que as coisas que tinha visto e ouvido o assombravam dia e noite, e ao olhar para o rosto dele eu soube que estava falando a verdade. Havia uma coisa a respeito daquele homem que me fez estremecer. Eu não saberia dizer o que era, mas estava lá. Dei-lhe um pouco de dinheiro e o acompanhei até a porta, e posso garantir a você que quando ele se afastou eu estava sem fôlego. Aquela presença era de enregelar o sangue."

"Você não acha que se deixou impressionar, Villiers? Parece-me apenas que o pobre sujeito sofreu com um casamento precipitado e, como se diz na língua vulgar, acabou se dando mal."

"Bem, então ouça o que tenho a dizer." Villiers contou a Clarke a história que tinha ouvido de Austin.

"Como você pode ver", concluiu, "praticamente não restam dúvidas de que esse sr. Lacuna, quem quer que fosse, morreu em consequência de um terror em estado bruto; presenciou uma coisa tão horrenda, tão aterrorizante, que a vida se extinguiu. E o que quer que tenha visto, provavelmente viu naquela casa, que, por um motivo ou outro, tinha má reputação na vizinhança. Fui pessoalmente examinar o local para saciar minha curiosidade. É uma rua triste; as casas são antigas o bastante para ter um aspecto sórdido e decrépito, mas não antigas o bastante para ter um aspecto pitoresco. Pelo que vi, essas casas funcionam na maioria como pensões, com quartos mobiliados ou não, e quase todas as portas são equipadas com três campainhas. Aqui e acolá os térreos foram transformados em lojas deveras humildes; tudo a respeito da rua é desalentador. Descobri que o número 20 estava para alugar, e assim procurei o agente imobiliário e pedi-lhe a chave. Claro que eu não conseguiria notícias a respeito dos Herbert naquela vizinhança, mas perguntei sem rodeios quando o casal havia deixado a casa e também se outros inquilinos haviam ocupado o imóvel naquele meio-tempo. O agente imobiliário lançou-me um olhar esquisito e respondeu que os Herbert haviam deixado a casa logo após o 'incômodo', como ele mesmo se referiu ao ocorrido, e que desde então a casa estava vazia."

O sr. Villiers deteve-se por um instante.

"Sempre gostei de visitar casas desocupadas; os cômodos vazios e desolados exercem sobre mim uma espécie de fascínio, com os pregos fincados nas paredes e o pó que se acumula em camadas grossas nos parapeitos. Mas não gostei de visitar o número 20 da Paul Street. Logo ao entrar no vestíbulo percebi a atmosfera estranha e pesada que pairava sobre a casa. Claro que todas as casas vazias sofrem com o ar viciado, mas nesse caso era diferente; eu não saberia explicar ao certo o que era, mas parecia impedir a respiração. Fui ao cômodo da frente e ao cômodo dos fundos, e também às cozinhas no porão; as peças estavam sujas e empoeiradas, como você pode imaginar, mas também havia uma coisa estranha a respeito daquilo tudo. Eu não saberia dizer o que era; sei apenas que tive um pressentimento esquisito. Mas o pior foi um dos cômodos no andar de cima. Era um cômodo razoavelmente espaçoso, e em outros tempos o papel de parede deve ter parecido alegre, mas quando o vi, a tinta, o papel, tudo estava em condições deploráveis. E o cômodo estava tomado pelo horror; senti meus dentes rangerem ao pôr a mão na porta, e ao entrar tive a impressão de que eu sofreria um desmaio. No entanto, consegui me recompor e apoiei-me contra a parede dos fundos, tentando imaginar o que naquele cômodo fazia com que meu corpo tremesse e meu coração batesse como na hora da morte. Num dos cantos havia uma pilha de jornais espalhados pelo chão, e comecei a examiná-los; eram jornais de três ou quatro anos atrás, uns meio rasgados, outros amassados, como se tivessem servido para embalar objetos frágeis. Revirei a pilha inteira, e no meio daquilo encontrei um curioso desenho; logo devo mostrá-lo a você. Mas eu não podia continuar naquele cômodo; seria demais para mim. Fui tomado por um sentimento de gratidão quando voltei à rua, são e salvo. As pessoas não paravam de me olhar enquanto eu caminhava, e um homem acusou-me de estar bêbado. Eu cambaleava de um lado para o outro da calçada, e custou-me um esforço tremendo devolver a chave ao agente imobiliário e voltar para casa. Passei uma semana de cama, sofrendo do que o médico diagnosticou como um misto de choque nervoso e esgotamento. Um dia desses eu estava lendo o jornal vespertino e me deparei com uma notícia que trazia a manchete: 'Morto de fome'. Era um desses casos típicos; uma pensão-modelo em Marleybone, uma porta trancada por dias a fio e um homem encontrado morto na poltrona quando a porta foi arrombada. 'O falecido', dizia a notícia, 'era conhecido como Charles Herbert, e acredita-se que outrora tenha sido um próspero representante da nobreza rural. Esse homem tornou-se conhecido do grande público há três anos por conta da relação que tinha com a morte cercada de mistérios ocorrida na Paul Street, em Tottenham Court Road, visto que o falecido era o inquilino que ocupava a casa de número 20, onde um cavalheiro de boa posição foi encontrado morto em circunstâncias suspeitas.' Um fim trágico, não? Afinal, se tudo o que Herbert me contou for verdade, e eu tenho certeza de que é, a vida desse homem foi uma tragédia do início ao fim, e uma tragédia um tanto mais estranha do que as manchetes."

"E essa é a história, então?", perguntou Clarke com uma expressão distante.

"Sim, essa é a história."

"Bem, realmente, Villiers, mal sei o que dizer a respeito. Não há dúvidas de que existem circunstâncias bastante peculiares no caso, como a descoberta de um homem morto junto à entrada do porão da casa de Herbert, por exemplo, bem como a extraordinária opinião do médico a respeito da *causa mortis*; mas, no final das contas, pode ser que haja uma explicação simples para tudo. Quanto às impressões que você teve ao visitar a casa, eu diria que foram resultado de uma imaginação fértil; você devia estar cogitando, mesmo que de forma inconsciente, sobre as coisas que tinha ouvido. Não vejo o que mais poderia ser dito ou feito a respeito do assunto; você evidentemente acredita na existência de um mistério, porém Herbert está morto; sendo assim, onde pretende encontrar pistas?"

"Pretendo encontrar a mulher; a mulher com quem Herbert se casou. *Ela* é o mistério."

Os dois homens permaneceram em silêncio junto à lareira; Clarke se congratulando em silêncio por ter logrado êxito como advogado do senso comum, e Villiers entregue aos mais lúgubres devaneios.

"Acho que vou fumar um cigarro", disse por fim, e então levou a mão ao bolso, onde guardava a cigarreira.

"Ah!", exclamou a seguir com um leve sobressalto. "Esqueci que eu tinha uma coisa para mostrar a você. Lembra-se de quando eu disse que tinha encontrado um esboço um tanto curioso na pilha de jornais velhos que descobri na casa da Paul Street? Aqui está."

Villiers tirou um diminuto pacote do bolso. Estava envolvo em papel pardo e preso com barbante, e os nós deram trabalho. Malgrado a própria vontade, Clarke estava curioso; e assim se inclinou na poltrona enquanto Villiers sofridamente desatava o barbante e desdobrava o papel do embrulho. Dentro havia uma segunda camada de papel de seda, que Villiers removeu antes de entregar a pequena folha de papel a Clarke, sem dizer mais uma palavra sequer.

Por cinco minutos ou mais fez-se um silêncio mortal no recinto; os dois homens permaneceram em um repouso tão absoluto que era possível ouvir o tique-taque do antigo relógio de pedestal que guarnecia o corredor, e nos pensamentos de um deles a monotonia daquele som evocava uma lembrança distante, muito distante. Ele tinha o olhar fixo no pequeno esboço da cabeça da mulher, feito a lápis e bico de pena; sem dúvida fora desenhado com grande esmero por um verdadeiro artista, pois a alma da retratada parecia espreitar por aqueles olhos, e os lábios separavam-se em um estranho sorriso. Clarke examinou o rosto, que lhe despertou as memórias de um entardecer de verão há muito passado; tornou a ver o longo e lindo vale, o rio que serpenteava por entre as colinas, as pradarias e os campos de trigo, o sol vermelho-fosco e a névoa branca e fria que se erguia das águas. Ouviu uma voz falando consigo através das ondas de muitos anos, dizendo, "Clarke, Mary há de ver o deus Pã!", e de repente viu-se naquele recinto sinistro ao lado do doutor, enquanto ouvia o pesado tique-taque do relógio, esperando e espiando, espiando a figura que repousava na cadeira verde sob a luz da lamparina. Mary se ergueu, ele olhou fundo nos olhos dela e sentiu o coração afundar dentro do peito.

"Quem é essa mulher?", perguntou enfim. A voz estava rouca e seca.

"É a mulher com quem Herbert se casou."

Clarke tornou a olhar para o esboço; não era Mary, afinal. Certamente era o rosto de Mary, porém havia um detalhe a mais, um detalhe que não havia percebido nas feições de Mary quando a menina vestida de branco adentrou o laboratório acompanhada pelo doutor, nem quando daquele terrível despertar, nem quando se pôs a sorrir, prostrada na cama. Por qualquer motivo que fosse — a expressão daqueles olhos, o sorriso dos lábios carnudos ou ainda a expressão do rosto como um todo —, Clarke estremeceu até os mais profundos recônditos da alma e, sem dar por si, recordou as palavras do dr. Phillips: "a mais vívida manifestação do mal que já presenciei". A seguir, virou o papel com um gesto mecânico e analisou o outro lado da folha.

"Meu Deus! Clarke, o que foi que houve? Você está totalmente pálido."

Villiers teve um violento sobressalto quando Clarke caiu para trás com um gemido e deixou o papel escapar das mãos.

"Villiers, não estou me sentindo muito bem; às vezes sofro com esses surtos. Sirva-me um gole de vinho; obrigado, já está bom. Devo estar melhor em poucos minutos."

Villiers juntou o esboço que havia caído no chão e o virou, como Clarke fizera.

"Você tinha visto isso?", perguntou. "Foi assim que identifiquei o retrato como sendo da esposa de Herbert, ou, melhor dizendo, da viúva. Como você está?"

"Melhor, obrigado. Foi apenas uma fraqueza passageira. Mas não entendo muito bem o que você está dizendo. O que foi que lhe permitiu identificar o desenho?"

"Essa palavra — 'Helen' — escrita na parte de trás. Eu não tinha dito que o nome dela era Helen? Sim; Helen Vaughan."

Clarke gemeu; não podia mais haver qualquer sombra de dúvida.

"Você não concorda", perguntou Villiers, "que na história que lhe contei agora à noite, e no papel desempenhado por essa mulher, existem detalhes muito estranhos?"

"Concordo, Villiers", balbuciou Clarke; "é uma história deveras estranha; deveras estranha. Preciso de tempo para meditar a esse respeito; talvez eu possa ajudá-lo, talvez não. Você tem que ir agora? Nesse caso, Villiers, boa noite. Venha me ver daqui a uma semana."

V.
A carta de aviso

"Austin", disse Villiers enquanto os dois amigos caminhavam placidamente ao longo de Piccadilly em uma agradável manhã de maio, "sabe que estou convencido de que tudo que você me falou a respeito da Paul Street e dos Herbert não passa de um mero episódio em uma história extraordinária? Confesso que quando perguntei a você sobre Herbert uns meses atrás eu tinha acabado de vê-lo."

"Você o viu? Onde?"

"Uma noite ele me pediu esmola na rua. Estava vivendo em uma penúria dolorosa, mas assim mesmo o reconheci e pedi que me contasse sua história, ou pelo menos um breve esboço dela. Em poucas palavras, a história se resume ao seguinte — ele foi arruinado pela esposa."

"De que forma?"

"Ele se recusou a me contar; disse apenas que ela o havia destruído, de corpo e alma. Agora nosso homem está morto."

"E que fim teve a esposa?"

"Ah, é o que eu gostaria de saber, e pretendo encontrá-la mais cedo ou mais tarde. Conheço um homem chamado Clarke; um sujeito contido, e na verdade um homem de negócios, embora astuto. Você entende o que eu quero dizer; não astuto no sentido que a palavra tem em relação aos negócios, mas um homem que realmente entende um pouco sobre os homens e a vida. Bem, expus o caso para Clarke, e ele ficou evidentemente impressionado. Disse que precisava refletir sobre o tema, e pediu que eu tornasse a visitá-lo ao cabo de uma semana. Poucos dias mais tarde, recebi essa carta extraordinária."

Austin pegou o envelope, retirou a carta e leu-a cheio de curiosidade. A carta dizia:

> MEU CARO VILLIERS — Meditei sobre o assunto a respeito do qual você me havia consultado naquela outra noite, e meu conselho é claro. Queime o retrato na lareira, tire essa história da cabeça. Nunca mais torne a pensar nisso, Villiers, ou você deve se arrepender. Sem dúvida você deve estar pensando que tenho acesso a informações sigilosas, e de certa maneira é verdade. Mas sei apenas um pouco; sou como um viajante que olhou para além da beira do abismo para então se afastar em terror. O que sei é um tanto estranho e um tanto horrível, mas para além dos parcos conhecimentos que detenho existem profundezas e horrores ainda mais temíveis, mais incríveis do que qualquer história contada ao pé do fogo em uma noite de inverno. Estou decidido, e nada poderá fazer com que eu volte atrás nessa decisão, a não dar sequer mais um passo à frente nessa investigação, e se valoriza a felicidade você há de tomar a mesma resolução.
>
> Venha fazer-me uma visita, como havíamos combinado; mas vamos discutir assuntos mais alegres do que este.

Austin dobrou a carta metodicamente e a devolveu a Villiers.

"Sem dúvida, é uma carta extraordinária", disse; "mas a que ele se refere ao mencionar esse retrato?"

"Ah! Eu esqueci de lhe contar que estive na Paul Street e fiz uma descoberta."

Villiers contou sua história como a havia contado a Clarke, e Austin escutou em silêncio. Quando terminou de ouvir, parecia intrigado.

"Que curioso você ter uma sensação tão desagradável naquele recinto!", disse por fim. "Mal posso conceber que tenha sido um mero excesso de imaginação; um sentimento de repulsa, em suma."

"Não, foi uma sensação mais física do que mental. Foi como se a cada respiração eu estivesse inalando uma fumaça letal, que parecia penetrar todos os ossos e nervos e tendões do meu corpo. Foi como se estivessem a me seviciar dos pés à cabeça; minha visão se turvou; foi como o portão de entrada para a morte."

"Sim, sim, de fato é muito estranho. Veja bem, o seu amigo confessou que existe uma história realmente negra relacionada a essa mulher. Você notou qualquer tipo de emoção peculiar nele enquanto fazia o seu relato?"

"Sim, notei. Ele sentiu-se prestes a desmaiar, mas afiançou-me que era um surto corriqueiro que costumava afligi-lo."

"E você acreditou?"

"Na hora acreditei, mas agora não acredito. Ele ouviu o que eu tinha a dizer com um bocado de indiferença, até o momento em que mostrei o retrato. Foi nesse ponto que o surto começou. Acredite quando eu digo que a aparência dele era terrível."

"Então ele deve ter visto a mulher em outra ocasião. Mas pode haver outra explicação; talvez o nome, e não o rosto, parecesse-lhe familiar. O que você acha?"

"Não sei. Tenho a impressão de que foi somente após virar o retrato nas mãos que ele por pouco não caiu da poltrona. E o nome, como você sabe, vinha escrito na parte de trás."

"Você tem razão. O fato é que parece impossível chegar a qualquer tipo de conclusão em um caso desses. Detesto melodramas, e nada me parece mais vulgar e tedioso do que as histórias de fantasmas ordinárias que alimentam o comércio; mas a verdade, Villiers, é que parece haver um segredo muito esquisito por trás disso tudo."

Sem perceber, os dois homens haviam dobrado na Ashley Street, que seguia de Piccadilly rumo ao norte. Era uma rua longa e um tanto lúgubre, mas aqui e acolá um gosto um pouco mais risonho havia iluminado as casas escuras com flores, e cortinas vistosas, e pintura alegre nas portas. Villiers desviou o rosto para cima quando Austin parou de falar e olhou para uma dessas casas; gerânios vermelhos e brancos debruçavam-se para fora em todos os parapeitos, e as cortinas da cor de narcisos encontravam-se afastadas em todas as janelas.

"Parece alegre, não?", ele perguntou.

"Parece, e o interior é ainda mais alegre. Uma das casas mais agradáveis dessa temporada, segundo ouvi falar. Ainda não a visitei, mas falei com várias outras pessoas que já estiveram aqui e me disseram que o ambiente é muito aconchegante."

"De quem é essa casa?"

"De uma sra. Beaumont."

"E quem é ela?"

"Não sei dizer. Ouvi boatos de que veio da América do Sul, mas na verdade pouco importa quem seja. É uma mulher deveras abastada, não há dúvida, e pessoas das mais altas rodas já a acolheram. Ouvi dizer que serve um *clairet* fora de série, realmente maravilhoso, que deve ter custado uma quantia fabulosa. Lorde Argentine me contou a respeito; disse que esteve aqui na noite de domingo. Garantiu-me que nunca havia provado um vinho igual, e Argentine, como você sabe, é um *connaisseur*. A propósito, sinto-me na obrigação de dizer que essa sra. Beaumont parece ser uma mulher um tanto esquisita. Argentine perguntou-lhe qual era a idade do vinho, e você sabe o que ela respondeu? 'Uns mil anos, acredito.' Lorde Argentine achou que fosse um chiste, sabe, mas quando riu a mulher disse que estava falando sério e se dispôs a mostrar-lhe o jarro. Claro que ele não pôde responder mais nada; mas parece um tanto antiquado para uma bebida, não? Bem, chegamos aos meus aposentos. Entre, por favor."

"Obrigado. Acho que vou aceitar o convite. Faz tempo que não vejo a loja de antiguidades."

Era um cômodo ricamente mobiliado, porém de gosto excêntrico, e assim cada mesa e cada estante, cada tapete e cada vaso e ornamento parecia um objeto à parte, com a individualidade totalmente preservada.

"Algum item recente?", Villiers perguntou após um breve intervalo.

"Não, acredito que não; você já viu esses jarros esquisitos, não? Era o que eu achava. Que eu me lembre, não encontrei mais nada nessas últimas semanas."

Austin correu os olhos pelo recinto, de um armário ao outro, de uma prateleira à outra, em busca de uma novidade inusitada. Por fim, o olhar deteve-se num baú de aspecto singular, ornado com entalhes elegantes e pitorescos, que estava em um canto escuro da peça.

"Ah", ele disse, "eu já estava esquecendo. Tenho uma coisa a mostrar para você." Austin destrancou o baú, pegou um grosso volume *in-quarto*, largou-o em cima da mesa e continuou a fumar o charuto que havia largado.

"Você chegou a conhecer o pintor Arthur Meyrick, Villiers?"

"Um pouco; encontrei-o em duas ou três ocasiões na casa de um amigo. O que houve com ele? Já faz um tempo desde a última vez em que tive notícias."

"Ele morreu."

"Não diga! Ele era bastante jovem, não?"

"Era; tinha apenas trinta anos ao morrer."

"E morreu de quê?"

"Não sei. Eu o considerava um amigo muito próximo e um sujeito de caráter irretocável. Ele costumava vir aqui e conversar comigo por horas a fio, e era uma das pessoas mais interessantes com quem já conversei. Sabia até mesmo falar sobre pintura, o que é mais do que se poderia dizer a respeito da maioria dos pintores. Cerca de um ano e meio atrás, ele começou a sentir-se esgotado pelo trabalho e, ao menos em parte devido a uma sugestão minha, resolveu embarcar numa viagem sem um destino ou um objetivo muito claro. Acredito que a primeira parada seria Nova York, porém nunca mais tive notícias. Três meses atrás recebi este livro, acompanhado por uma carta deveras educada de um médico inglês que mantém um consultório em Buenos Aires, na qual esse cavalheiro afirmava que havia cuidado do finado sr. Meyrick durante a última doença, e que o falecido havia expressado o desejo de que o pacote fosse enviado para mim quando da morte dele. Isso foi tudo."

"E você não escreveu pedindo mais detalhes?"

"Venho pensando nisso. Você me aconselharia a escrever para o doutor?"

"Com certeza. E quanto ao livro?"

"Estava lacrado quando o recebi. Não acho que o doutor tenha visto o conteúdo."

"É um exemplar raro? Meyrick por acaso era colecionador?"

"Não, creio que não; dificilmente se poderia chamá-lo de colecionador. Mas o que você acha daqueles jarros ainu?"

"São um tanto estranhos, mas gosto deles mesmo assim. Mas você não pretende mostrar-me a herança deixada por Meyrick?"

"Claro, claro que pretendo. A questão é que se trata de um objeto bastante peculiar, e não o mostrei para mais ninguém. Se eu fosse você, não faria nenhum comentário a quem quer que fosse. Aqui está."

Villiers pegou o livro e abriu-o ao acaso numa página qualquer.

"Então não é um volume impresso?", ele perguntou.

"Não. É uma coleção de desenhos em preto e branco, feitos pelo meu pobre amigo Meyrick."

Villiers retornou à primeira página, que estava em branco; a segunda trazia uma breve inscrição, que dizia:

Silet per diem universus, nec sine horrore secretus est; lucet nocturnis ignibus, chorus Ægipanum undique personatur: audiuntur et cantus tibiarum, et tinnitus cymbalorum per oram maritimam.

Na terceira página havia um desenho que levou Villiers a tirar os olhos do livro e voltar o rosto em direção a Austin; o amigo olhava distraidamente pela janela. Villiers folheou página atrás de página, arrebatado, a despeito da própria vontade, por aquela Noite de Walpurgis repleta de maldade, de estranha e monstruosa maldade, que o falecido artista havia conjurado em preto e branco. As figuras de Faunos e Sátiros e Egipãs dançavam em frente ao rosto dele; a escuridão do bosque, a dança no alto da montanha, as cenas em orlas solitárias, em vinhedos verdejantes, junto a paisagens rochosas e desertas desfilavam sob o olhar atento: um mundo onde a alma humana parecia encolher-se e tremer. Villiers percorreu depressa as páginas restantes; tinha visto o suficiente, mas o desenho na última folha chamou-lhe a atenção, e ele quase fechou o livro.

"Austin!"

"O que foi?"

"Você sabe quem é essa pessoa?"

Era um rosto de mulher, sozinho na brancura da página.

"Se eu sei quem é? Não, claro que não."

"Pois eu sei."

"Quem é?"

"É a sra. Herbert."

"Tem certeza?"

"Tenho a mais absoluta certeza. Pobre Meyrick! Mais um triste capítulo na história dessa mulher."

"Mas o que você pensa das outras cenas?"

"São terríveis. Feche esse livro, Austin. Se eu fosse você, trataria de queimá-lo; deve ser uma péssima companhia, mesmo que esteja trancado em um baú."

"De fato, são desenhos bastante singulares. Mas não posso deixar de perguntar-me qual seria a possível ligação entre Meyrick e a sra. Herbert, ou mesmo entre ela e estes desenhos."

"Ah, como saber? Pode ser que o mistério se encerre nesse ponto exato, sem que jamais tenhamos certeza, mas acredito que essa Helen Vaughan, ou sra. Herbert, seja apenas o começo. Ela vai retornar a Londres, Austin; pode saber que ela vai retornar, e que vamos ter mais notícias. Duvido que sejam notícias muito agradáveis."

VI.
Os suicídios

Lorde Argentine era um dos grandes favoritos da Sociedade Londrina. Aos vinte anos tinha sido um homem pobre, agraciado com o nome de uma família ilustre porém forçado a ganhar a vida da melhor forma possível, e nem o mais especulativo usurário teria aceitado emprestar-lhe cinquenta libras na esperança de que um dia pudesse trocar o nome por um título, e a pobreza por uma grande fortuna. O pai havia chegado perto o suficiente da fonte das boas coisas para garantir o sustento da família, porém o filho, mesmo que houvesse tomado as ordens, dificilmente garantiria sequer esse tanto, e ademais não sentia nenhuma vocação para a vida eclesiástica. Assim, enfrentava o mundo tendo por armadura não mais do que a toga de um bacharel e a perspicácia do neto de um filho caçula, equipamento com o qual era capaz de bater-se em combate com resultados bastante razoáveis. Aos vinte e cinco anos o sr. Charles Aubernon via-se ainda como um homem em constantes embates e batalhas contra o mundo, porém das sete pessoas que o separavam das posições mais elevadas na família restavam não mais do que três. Esses três, no entanto, eram "boas-vidas", mas não estavam imunes às azagaias dos zulus nem à febre tifoide, e assim uma bela manhã Aubernon descobriu ao despertar que havia se transformado em lorde Argentine, um homem de trinta anos que havia enfrentado as vicissitudes da vida e saído vitorioso. A situação foi motivo de enorme divertimento, e o novo lorde decidiu que a partir daquele instante a riqueza deveria ser uma fonte de tantos prazeres quanto a pobreza havia sido. Após um breve período de reflexão, Argentine concluiu que os jantares finos, quando considerados como uma das belas-artes, talvez fossem uma das mais divertidas atividades ao alcance da humanidade decadente, e assim os jantares que oferecia tornaram-se famosos em Londres, e os convites para sua mesa passaram a ser ardentemente desejados. Mesmo após dez anos de nobreza e jantares, Argentine recusava-se a sucumbir à saciedade e continuava aproveitando a vida, e graças ao que parecia ser uma infecção contagiosa passou a ser reconhecido como fonte de profunda alegria para os outros — em suma, como uma excelente companhia. Assim, a notícia de sua morte súbita e trágica causou ampla e profunda comoção. As pessoas mal podiam acreditar, mesmo quando tinham o jornal diante dos olhos e os gritos de "Nobre morre de forma misteriosa" ecoavam pelas ruas. Mas lá estava o breve parágrafo: "Hoje pela manhã, lorde Argentine foi encontrado morto em uma triste circunstância pelo mordomo. Segundo relatos, não há dúvidas de que o nobre cometeu suicídio, embora o motivo permaneça desconhecido. O finado lorde era conhecido na sociedade londrina e muito admirado pelo temperamento agradável e pela hospitalidade generosa. Lorde Argentine deixa como herdeiros" etc. etc.

Aos poucos os detalhes foram revelados, mas o caso permaneceu como um mistério. A principal testemunha do inquérito foi o mordomo do falecido nobre, que afirmou que na noite anterior à morte lorde Argentine havia saído para jantar com uma dama de boa posição social, cujo nome foi omitido nos relatos jornalísticos. Por volta das onze horas, lorde Argentine havia retornado e dito ao criado que estava dispensado até a manhã seguinte. Pouco depois, ao atravessar o corredor, o mordomo teve uma pequena surpresa ao descobrir que o patrão estava saindo discretamente pela porta da mansão. Tinha despido as roupas de dormir e vestido um casaco de Norfolk e calças curtas, e tinha na cabeça um chapéu marrom. O mordomo não tinha motivos para crer que lorde Argentine o tivesse visto, e, embora o patrão raramente permanecesse acordado até tarde, não pensou muito no assunto até a manhã seguinte, quando bateu na porta do quarto às quinze para as nove, como de costume. Não houve resposta, e, após bater duas ou três vezes, o mordomo entrou no quarto e viu o corpo de lorde Argentine inclinado em um ângulo relativo aos pés da cama. Descobriu que o patrão havia amarrado uma corda a uma das baixas colunas do móvel e, após fazer um nó de correr e colocá-lo em volta do pescoço, aquele desafortunado homem devia ter juntado coragem e jogado o corpo à frente, para então sofrer uma lenta morte por estrangulamento. Estava vestido com os mesmos trajes de quando o mordomo o vira sair, e o médico que foi chamado afirmou que a vida se encontrava extinta havia mais de quatro horas. Todos os papéis, todas as cartas e afins estavam na mais perfeita ordem, e não se descobriu nada que indicasse, mesmo que de forma absolutamente remota, qualquer tipo de escândalo, fosse grande ou pequeno. Eis toda a evidência; nada mais foi descoberto. Diversas pessoas estavam presentes ao jantar a que lorde Argentine havia comparecido, e a todos o falecido parecera demonstrar o temperamento afável de sempre. A bem da verdade, o mordomo afirmou que o patrão dava a impressão de estar um pouco afoito quando chegou em casa, mas confessou que essa alteração era muito discreta, praticamente imperceptível. Qualquer tentativa de encontrar pistas estava fadada ao fracasso, e assim a sugestão de que lorde Argentine fora acometido por um surto repentino que o levou ao suicídio ganhou aceitação geral.

Tudo mudou, no entanto, quando, em três semanas, três outros cavalheiros — um deles nobre, e os outros dois homens de boa posição e fartas posses — sucumbiram a um destino trágico praticamente da mesma forma. Lorde Swanleigh foi encontrado pela manhã, na sala de vestir, pendendo de um cabide afixado à parede, e o sr. Collier-Stuart e o sr. Herries haviam escolhido morrer como lorde Argentine. Não havia explicação em nenhum dos casos; uns poucos fatos triviais; um homem vivo ao entardecer, e um cadáver de rosto preto e túrgido pela manhã seguinte. A polícia se vira obrigada a admitir a impossibilidade de fazer quaisquer prisões ou explicar os assassinatos de Whitechapel; mas diante dos terríveis suicídios de Piccadilly e Mayfair mostrou-se realmente atônita, pois nem mesmo a ferocidade bruta que fizera as vezes de explicação para os crimes perpetrados no East End havia se manifestado no lado oposto da cidade. Todos os homens que haviam decidido morrer aquela morte vergonhosa e agonizante eram ricos, prósperos e davam todos os sinais de nutrir verdadeira paixão pelo mundo, e nem mesmo a mais profunda investigação pôde encontrar sequer a sombra de um motivo remoto em qualquer um dos casos. Havia um horror no ar, e os homens se olhavam no rosto ao encontrar-se, imaginando se o companheiro estaria fadado a ser a vítima da quinta tragédia inominável. Os jornalistas recorreram em vão aos cadernos de anotações na tentativa de encontrar material que servisse para escrever artigos a respeito de casos similares; e o jornal matutino era aberto em muitos lares com um sentimento de espanto; ninguém sabia onde ou quando o golpe cairia a seguir.

Pouco tempo após o último desses terríveis acontecimentos, Austin fez uma visita ao sr. Villiers. Estava curioso para descobrir se Villiers tinha conseguido descobrir rastros ainda frescos da sra. Herbert, fosse através de Clarke ou de outras fontes, e assim o questionou logo depois de sentar-se.

"Não", disse Villiers. "Escrevi para Clarke, mas ele permanece irredutível, e então tentei outros canais, embora sem nenhum resultado. Não consigo descobrir o que aconteceu com

Helen Vaughan depois que abandonou a Paul Street, embora eu acredite que deva ter viajado para o estrangeiro. Mas, para dizer a verdade, Austin, não dispensei muita atenção a esse assunto durante as últimas semanas; eu era muito próximo do pobre Herries, e essa morte terrível foi um choque tremendo para mim, um choque tremendo."

"Acredito", respondeu Austin em tom grave. "Você sabe que Argentine era meu amigo. Se não estou enganado, falamos a respeito dele naquele dia em que você foi aos meus aposentos."

"Sim; em relação àquela casa na Ashley Street, a casa da sra. Beaumont. Você tinha dito qualquer coisa a respeito de um jantar oferecido na casa ao qual Argentine havia comparecido."

"De fato. Sem dúvida você sabe que foi lá que Argentine jantou na noite anterior a — na noite anterior ao suicídio."

"Não, eu não ouvi nada a esse respeito."

"Ah, mas é verdade; o nome foi suprimido nos jornais a fim de poupar a sra. Beaumont. Argentine era um dos favoritos dela, e dizem que após o ocorrido a anfitriã passou um tempo em péssimas condições."

Uma expressão curiosa despontou no rosto de Villiers; parecia indeciso quanto a falar ou não. Austin retomou a palavra.

"Jamais tive um sentimento de horror tão profundo quanto aquele que senti ao ler o relato da morte de Argentine. Não entendi na época, e hoje continuo sem entender. Eu o conhecia bem, e parece estar além da minha compreensão o motivo para que ele — ou qualquer outro dos envolvidos — tenha decidido a sangue-frio morrer de forma tão atroz. Você sabe como os homens gostam de especular sobre o caráter dos outros em Londres, e pode ter certeza de que qualquer escândalo abafado e qualquer podridão escondida já teriam visto a luz do dia em um caso como esse; mas nada do tipo aconteceu. Quanto à hipótese de um surto, parece uma tese conveniente para os jurados do inquérito, mas todo mundo sabe que não passa de um dislate. Surtos de suicídio não são como epidemias de varíola."

Austin sucumbiu a um silêncio lúgubre. Villiers também permaneceu em silêncio, observando o amigo. A expressão de incerteza ainda pairava sobre o rosto dele; parecia estar colocando os pensamentos na balança, e as considerações que tecia naquele instante levaram-no a permanecer em silêncio. Austin tentou afastar as recordações de tragédias desesperançosas e paradoxais como o labirinto de Dédalo, e começou a falar em um tom de voz indiferente sobre os incidentes e aventuras mais agradáveis da estação.

"Aquela sra. Beaumont", disse, "a respeito de quem estávamos falando, é um enorme sucesso; está causando sensação em Londres. Conheci-a outra noite na casa de Fulham; de fato é uma mulher extraordinária."

"Você conheceu a sra. Beaumont?"

"Conheci; estava acompanhada por um numeroso séquito. Acho que se poderia descrevê-la como belíssima, mas alguma coisa naquele rosto me desagrada. As feições são lindas, mas a expressão é estranha. Passei o tempo inteiro olhando para ela, e depois, já a caminho de casa, tive o curioso sentimento de que aquela expressão precisa me era familiar por um motivo ou outro."

"Você deve tê-la visto no Rotten Row."

"Não, tenho certeza de que eu nunca havia posto os olhos naquela mulher; esse detalhe faz com que tudo pareça ainda mais enigmático. E se a memória não me falha, tampouco vi outra mulher como ela; tive antes a impressão de uma lembrança tênue e distante, vaga mas persistente. A única sensação a que eu poderia compará-la é aquela impressão singular que às vezes surge em um sonho, quando cidades fantásticas, países maravilhosos e personagens espectrais parecem familiares e prosaicos."

Villiers acenou a cabeça e correu os olhos pelo cômodo, talvez em busca de um objeto que pudesse dar seguimento à conversa. Deteve-se em um velho baú, mais ou menos similar àquele em que o estranho legado do artista se ocultava sob o escudo gótico da fechadura.

"Você escreveu para o doutor pedindo notícias a respeito de Meyrick?", ele perguntou.

"Escrevi; solicitei que me fornecesse todos os detalhes possíveis sobre a doença e a morte do coitado. Mas não espero receber uma resposta em menos de três ou quatro semanas. Achei que eu podia aproveitar a oportunidade e perguntar se Meyrick conhecia uma inglesa de sobrenome Herbert, e, em caso afirmativo, se o doutor poderia me fornecer quaisquer informações a respeito dela. Mas também é possível que Meyrick a tenha conhecido em Nova York, no México ou em San Francisco; não tenho ideia quanto à distância ou ao rumo das viagens que empreendeu."

"Claro; e também é mais que possível que a mulher tenha usado mais de um nome."

"Exato. Lamento não ter pedido para que você me emprestasse o retrato que está em sua posse. Assim eu poderia tê-lo incluído na minha carta para o dr. Matthews."

"De fato; infelizmente a ideia não me ocorreu. Mas podemos mandá-lo agora. Ouça! O que os garotos estão gritando?"

Enquanto os dois homens conversavam, o barulho confuso de gritos aos poucos tornou-se mais alto. Começou no leste e aumentou em direção a Piccadilly, chegando cada vez mais próximo, uma verdadeira torrente de som; invadiu ruas em geral tranquilas, e fez de cada janela a moldura para um rosto curioso ou apreensivo. Os gritos e as vozes ecoaram pela rua pacata onde Villiers morava, cada vez mais distintos à medida que avançavam, e, enquanto Villiers falava, uma resposta veio da calçada:

"Horrores do West End; Mais um terrível suicídio; Cobertura completa!"

Austin desceu a escada correndo e comprou um jornal e leu o parágrafo em voz alta para Villiers enquanto o alarido na rua aumentava e diminuía. A janela estava aberta e o ar parecia estar repleto de barulho e terror.

"Mais um cavalheiro foi vitimado pela terrível epidemia de suicídios que vem assolando o West End durante o último mês. O sr. Sidney Crashaw, de Stoke House, Fulham, e King's Pomeroy, Devon, foi encontrado, após longas buscas, enforcado no galho de uma árvore no jardim da própria casa à uma hora de hoje. Na noite passada o falecido havia jantado no Carlton Club e parecia apresentar a saúde e a disposição habituais. O sr. Crashaw saiu do clube por volta das dez horas e foi visto caminhando tranquilamente pela St. James's Street pouco depois. Não há informações disponíveis sobre qualquer movimentação posterior. Após a descoberta do corpo o auxílio médico foi chamado, mas evidentemente a vida estava havia muito extinta. Até onde se pôde apurar, o sr. Crashaw não padecia de qualquer transtorno ou ansiedade. Esse doloroso suicídio, cabe lembrar, é o quinto desse tipo no último mês. As autoridades da Scotland Yard foram incapazes de oferecer uma explicação para esses terríveis incidentes."

Austin largou o jornal em um horror mudo.

"Pretendo abandonar Londres amanhã", ele disse; "é uma cidade de pesadelos. Que horror, Villiers!"

O sr. Villiers estava sentado próximo à janela, olhando em silêncio para a rua. Tinha escutado atentamente a notícia, e já não tinha mais qualquer resquício de indecisão no semblante.

"Austin, espere um pouco", ele respondeu. "Estou decidido a contar um incidente ocorrido na noite passada. Se não me engano, o jornal afirma que Crashaw foi visto com vida pela última vez na St. James's Street, pouco após as dez horas?"

"Acredito que sim. Posso conferir. Sim, você tem razão."

"Imaginei. Bem, eu estou em posição de contrariar essa afirmação. Crashaw foi visto após esse horário; consideravelmente mais tarde, aliás."

"Como você sabe?"

"Porque eu mesmo vi Crashaw por volta das duas horas da manhã de hoje."

"Você viu Crashaw? Você, Villiers?"

"Sim, e o vi distintamente; na verdade, a distância que nos separava era de poucos metros."

"Céus! E onde foi que você o viu?"

"Não muito longe daqui. Eu o vi na Ashley Street. Estava saindo de uma casa."

"E você prestou atenção a que casa seria essa?"

"Prestei. Era a casa da sra. Beaumont."

"Villiers! Pense no que você está dizendo; deve haver um engano. Como Crashaw poderia estar na casa da sra. Beaumont às duas da manhã de hoje? Com certeza, com certeza você devia estar sonhando, Villiers; você sempre foi um tanto propenso a esses devaneios."

"Não; eu estava suficientemente desperto. E mesmo que estivesse sonhando, como você diz, o que eu vi bastaria para ter me acordado no mesmo instante."

"O que você viu? O que foi que você viu? Por acaso Crashaw parecia ter um comportamento estranho? Não posso acreditar; é impossível!"

"Bem, se você quiser eu posso contar o que vi, ou, se você prefere que eu fale assim, o que acredito ter visto, e então você pode julgar por si próprio."

"Muito bem, Villiers."

O barulho e o clamor da rua haviam desaparecido, embora de vez em quando o som de um grito ainda viesse de longe, e então o silêncio monótono e pesado deu a impressão de ser a calma surgida após um terremoto ou uma tempestade. Villiers tirou os olhos da janela e começou a falar.

"Na noite passada eu estava em uma casa próxima ao Regent's Park, e quando saí um capricho levou-me a voltar a pé em vez de tomar um coche. A noite estava agradável, e em poucos minutos eu tinha as ruas praticamente só para mim. É uma sensação curiosa, Austin, estar sozinho à noite em Londres, com os lampiões a gás estendendo-se em perspectiva, e aquele silêncio mortal, talvez acompanhado pelo rumor de um coche no pavimento e pelas faíscas que lampejam sob os cascos do cavalo. Eu caminhava depressa, pois já estava um pouco farto de estar no frio à noite, e quando os relógios marcaram duas horas entrei na Ashley Street, que, como você sabe, fica no trajeto que leva à minha casa. Eu nunca tinha visto o lugar tão quieto, e lá os lampiões eram menos numerosos; no todo, aquele cenário parecia escuro e sombrio como uma floresta no inverno. Eu devia estar na metade da Ashley Street quando ouvi o suave fechar de uma porta, e naturalmente levantei o rosto para ver quem estaria na rua, como eu, a uma hora daquelas. Por acaso havia um lampião próximo a essa casa, e avistei um homem de pé em frente à porta. O homem havia acabado de fechá-la e tinha o rosto voltado na minha direção, e eu prontamente reconheci as feições de Crashaw. Nunca o conheci o suficiente para entabular uma conversa, mas o vi em diversas ocasiões e tenho absoluta certeza de que não se trata de um engano. Olhei por um instante para o rosto dele, e então — vou confessar a verdade — comecei a correr o mais depressa que eu podia, e não parei antes de chegar à porta da minha casa."

"Por quê?"

"Por quê? Porque o meu sangue enregelou-se quando vi o rosto daquele homem. Eu jamais poderia conceber que um amálgama de paixões infernais como aquele fosse capaz de esconder-se em um olhar humano; quase desfaleci enquanto o observava. Eu soube que havia fitado os olhos de uma alma perdida, Austin; a forma exterior do homem persistia, mas trazia por dentro o inferno. Uma luxúria repleta de fúria e um ódio que se assemelhava ao fogo, um abandono total da esperança e um horror que parecia gritar em meio à noite, embora os dentes estivessem cerrados; e a suprema negrura do desespero. Tenho certeza de que ele não me viu; não via nada que eu ou você pudéssemos ver, mas espero que nunca vejamos o que ele via. Não sei quando ele morreu; imagino que em uma hora, talvez duas; mas quando passei em frente à casa na Ashley Street e ouvi o fechar da porta, aquele homem já não pertencia mais a este mundo; olhei nos olhos de um demônio."

Houve um interlúdio silencioso no aposento quando Villiers terminou de falar. A luz se extinguia, e o tumulto de uma hora atrás havia silenciado. Austin tinha inclinado a cabeça no final da história, cobrindo os olhos com a mão.

"O que isso pode significar?", indagou por fim.

"Quem pode saber, Austin, quem? É um assunto tenebroso, mas acredito que o melhor seria mantê-lo entre nós, pelo menos por enquanto. Vou tentar obter os esclarecimentos possíveis a respeito da casa usando canais de informação particulares, e se eu descobrir qualquer coisa torno a entrar em contato."

VII.
O encontro no Soho

Três semanas depois Austin recebeu uma carta de Villiers pedindo que fosse visitá-lo naquela tarde ou na tarde seguinte. Decidiu-se pela ocasião mais próxima, e como de costume encontrou Villiers sentado junto à janela, aparentemente perdido em meditações enquanto contemplava o sonolento tráfego da rua. Ao lado dele havia uma mesa de bambu, um objeto fantástico, enriquecido por douraduras e pinturas de estranhas cenas, sobre o qual estava um maço de papéis organizados e separados com o mesmo cuidado que se observava em todas as coisas no escritório do sr. Clarke.

"E então, Villiers, conseguiu fazer alguma descoberta nessas últimas três semanas?"

"Acredito que sim; tenho aqui um ou dois memorandos que me pareceram um tanto singulares, e um depoimento ao qual eu gostaria de chamar-lhe a atenção."

"E esses documentos relacionam-se à sra. Beaumont? Foi realmente Crashaw que você encontrou naquela noite, parado em frente à porta da casa na Ashley Street?"

"Quanto a esse assunto minhas crenças permanecem inabaláveis, mas nem minhas sondagens nem os resultados que obtive mantêm relações particularmente estreitas com Crashaw. Por outro lado, minhas investigações tiveram um resultado bastante inusitado. Descobri quem é a sra. Beaumont!"

"Quem é a sra. Beaumont? O que você quer dizer?"

"Quero dizer que eu e você a conhecemos melhor por um outro nome."

"E que nome é esse?"

"Herbert."

"Herbert!" Austin repetiu o nome, pasmo de surpresa.

"Exato. A sra. Herbert da Paul Street, a Helen Vaughan de aventuras pregressas ignoradas por mim. Você teve motivo para reconhecer a expressão no rosto dela; quando voltar para casa, examine o rosto no livro de horrores de Meyrick e você há de compreender a razão desse reconhecimento."

"E você tem provas do que diz?"

"Tenho, e a prova mais sólida possível; eu vi a sra. Beaumont — ou será que devemos chamá-la de sra. Herbert?"

"Onde você a viu?"

"Num lugar onde dificilmente você imaginaria encontrar uma dama que mora na Ashley Street, em Piccadilly. Eu a vi entrar em uma casa numa das mais sórdidas e infames ruas do Soho. De fato, eu havia marcado um encontro, embora com outra pessoa, e ela chegou precisamente na hora e no lugar marcado."

"Tudo soa um tanto admirável, mas não chega a me parecer incrível. Não se esqueça, Villiers, de que eu já vi essa mulher na aventura ordinária da sociedade londrina, conversando e rindo, e tomando café em uma sala de estar comum na companhia de outras pessoas comuns. Mas você sabe o que está dizendo."

"Sei; pois não me deixei levar por suposições ou devaneios. Não foi com a intenção de encontrar Helen Vaughan que procurei a sra. Beaumont nas águas escuras da vida londrina, mas esse foi o resultado."

"Você deve ter andado por lugares estranhos, Villiers."

"Sim, andei por lugares muito estranhos. Como você sabe, teria sido inútil ir à Ashley Street e pedir à sra. Beaumont que me oferecesse um esboço de sua vida prévia. Não; pressupondo, como tive de pressupor, que o histórico dessa mulher não era dos mais limpos, quase não restaria dúvidas de que, nessas vivências anteriores, teria frequentado círculos um tanto menos refinados do que os atuais. Quando você vê lodo na superfície de um córrego, pode ter certeza de que veio do fundo. Assim, fui direto ao fundo. Sempre gostei de mergulhar na Queer Street por simples prazer, e descobri que meus conhecimentos acerca do lugar e dos frequentadores me foram bastante úteis. Talvez seja desnecessário mencionar que meus amigos jamais tinham ouvido o nome Beaumont, e, como eu tampouco havia posto os olhos nessa dama, e portanto seria incapaz de descrevê-la, precisei trabalhar de forma oblíqua. As pessoas por lá me conhecem; tive ocasião de prestar-lhes serviços vez ou outra, e assim não ofereceram resistência a compartilhar as informações de que dispunham; todos sabiam que eu não tinha relações diretas ou indiretas com a Scotland Yard. Mesmo assim, tive que arremessar várias linhas antes de conseguir o que eu queria, e quando fisguei o peixe, sequer por um instante imaginei que fosse o meu peixe. Mas escutei tudo que me era dito graças a um interesse nato por informações inúteis, e assim me vi às voltas com uma história deveras curiosa, embora, como eu já imaginava, não fosse a história que eu estava procurando. Eis o resumo. Há cerca de cinco ou seis anos, uma mulher de nome Raymond apareceu de repente na vizinhança à qual me refiro. Essa mulher me foi descrita como jovem, não podendo ter mais do que dezessete ou dezoito anos à época, muito bonita e com ares de quem havia chegado do interior. Seria uma injustiça dizer que teve o que merecia ao se estabelecer naquela região ou travar conhecimento com as pessoas de lá, pois, segundo o que me foi dito, mesmo o pior covil de Londres seria bom demais para ela. Meu informante, que como você pode imaginar não é nenhum grande puritano, estremeceu e nauseou-se ao me contar as infâmias inomináveis que imputavam a essa mulher. Depois de morar na região por um ano, talvez um pouco mais, ela desapareceu de forma tão repentina como havia chegado, e ninguém mais a viu até a época do caso da Paul Street. Foi quando ela reapareceu na região, primeiro a intervalos esparsos, depois com maior frequência, até que por fim instalou-se em definitivo, como antes, e por lá permaneceu durante seis ou oito meses. Seria inútil da minha parte oferecer detalhes acerca da vida que essa mulher levava; se você quiser detalhes, consulte o legado de Meyrick. Aqueles desenhos não foram inspirados em fantasias. Depois a mulher tornou a desaparecer, e as pessoas da região não a viram mais até poucos meses atrás. Meu informante afirmou que ela tinha alugado uns quartos em uma casa que me foi indicada, e que tinha por costume visitar os aposentos duas ou três vezes por semana, sempre às dez horas da manhã. Cerca de uma semana atrás fui levado a crer que uma dessas visitas aconteceria em um dia predeterminado, e assim tomei as providências necessárias para estar a postos, na companhia do meu cicerone, às quinze para as dez, e a dama e a hora chegaram pontualmente ao mesmo tempo. Eu e meu amigo estávamos debaixo de uma arcada, um pouco afastados da rua, mas ela nos viu e lançou-me um olhar que devo levar um bom tempo para esquecer. Esse olhar foi o suficiente para mim; eu soube no mesmo instante que a srta. Raymond era a sra. Herbert; quanto à sra. Beaumont, estava longe dos meus pensamentos. A mulher entrou na casa e permaneci de vigia até as quatro da tarde, quando saiu; e então a segui. Foi um trajeto longo, e precisei ter muita cautela para manter-me suficientemente afastado, sem no entanto perdê-la de vista. Fomos até a Strand, depois a Westminster, e depois subimos a St. James's Street e seguimos ao longo de Piccadilly. Tive uma sensação esquisita quando a vi subir pela Ashley Street; a ideia de que a sra. Herbert podia ser a sra. Beaumont passou pela minha cabeça, mas aquilo pareceu demasiado improvável para ser verdade. Fiquei esperando em uma esquina, com os olhos fixos nela, tomando especial cuidado para notar em que casa havia de se deter. E foi na casa das cortinas vistosas, a casa das flores, a casa de onde Crashaw havia saído na mesma noite em que se enforcou no jardim. Eu estava prestes a ir embora com a minha descoberta quando vi uma carruagem vazia dobrar a esquina e parar em frente à casa, e assim concluí que a sra. Herbert estava saindo para dar um passeio, no que eu estava correto. Tomei um coche e segui a carruagem até o parque. Lá, por um simples acaso, encontrei um conhecido, e ficamos conversando um pouco afastados da estrada, que estava às minhas costas. Não demorou nem dez minutos para que o meu amigo tirasse o chapéu, quando olhei para trás e vi a dama que eu havia passado o dia inteiro seguindo. "Quem é essa?", perguntei, e a resposta dele foi, "É a sra. Beaumont; mora na Ashley Street." Claro que depois disso não poderia restar mais nenhuma dúvida. Não sei se ela me viu, mas acredito que não. Fui para casa no mesmo instante e, após refletir sobre o assunto, cheguei à conclusão de que eu tinha um caso suficientemente bem fundamentado para sair em busca de Clarke."

"Sair em busca de Clarke por quê?"

"Porque tenho certeza de que Clarke tem conhecimento acerca de fatos a respeito dessa mulher — fatos que ignoro por completo."

"Bem, e então?"

O sr. Villiers se recostou na poltrona e lançou um olhar meditativo na direção de Austin por um instante antes de responder:

"Meu plano é fazer uma visita à sra. Beaumont na companhia de Clarke."

"Você não estaria disposto a se aventurar naquela casa? Não, não, Villiers, você não pode fazer uma coisa dessas. Além do mais, pense bem; que resultado poderia..."

"Posso responder em seguida. Mas o que eu queria dizer era que minhas informações não acabam nesse ponto; pelo contrário, foram completadas de forma realmente extraordinária.

"Olhe para este manuscrito; as páginas são numeradas, como você pode ver, e não pude resistir ao elegante capricho de amarrar tudo com uma fita vermelha. Tem um aspecto quase jurídico, não? Corra os olhos por este documento, Austin. É um relato acerca do tipo de entretenimento que a sra. Beaumont oferecia aos convidados mais sofisticados. O homem que o escreveu conseguiu escapar com vida, mas não acho que possa viver por muito tempo. Os médicos disseram que deve ter sofrido um choque severo no sistema nervoso."

Austin pegou o manuscrito, mas não o leu. Ao abrir as elegantes páginas ao acaso, teve o olhar atraído por uma palavra e a frase que a seguia; e, sentindo o coração doente, com os lábios pálidos e o suor frio escorrendo das têmporas como se fosse água, atirou o papel no chão.

"Tire isso da minha frente, Villiers, e nunca mais toque no assunto. Você por acaso é feito de pedra? Ah, a agonia e o horror da própria morte, as angústias do homem que no frio do amanhecer se vê postado sobre o negro cadafalso, amarrado, e sente o dobre dos sinos retinir nos ouvidos enquanto espera a abertura repentina do alçapão, não são nada comparados a essa descoberta. Recuso-me a ler; eu nunca mais conseguiria dormir."

"Muito bem. Posso imaginar o que você encontrou. De fato, é horrível o bastante; mas a verdade é que não passa de uma antiga história, um antigo mistério que se desenrola em nossos dias, nas ruas sombrias de Londres, e não mais em vinhedos e olivais. Sabemos o que aconteceu com aqueles que tiveram a chance de estar frente a frente com o Grande Deus Pã, e os homens sábios compreendem que todos os símbolos são símbolos de uma coisa, e não de nada. Foi, de fato, um engenhoso símbolo sob o qual os homens de épocas passadas velaram os conhecimentos que detinham a respeito das mais terríveis, mais secretas forças que residem no coração de todas as coisas; forças perante as quais as almas dos homens ressecam, morrem e se enegrecem, como os corpos se enegrecem sob uma corrente elétrica. Essas forças não podem ser nomeadas, não podem ser ditas, não podem ser imaginadas a não ser sob um véu e um símbolo, um símbolo que para a maioria das pessoas mais parece um devaneio poético e quimérico, e para outras uma história tola. Mas, seja como for, eu e você tivemos um vislumbre do terror capaz de residir no refúgio secreto da vida, consubstanciado na carne humana; daquilo que é informe e toma para si uma forma. Ah, Austin, como pode? Como pode ser que a própria luz do sol não se enegreça perante essa coisa, que a terra firme não se derreta e comece a borbulhar sob esse fardo?"

Villiers andava de um lado para o outro no aposento, e as gotas de suor brotavam-lhe da testa. Austin permaneceu sentado por um tempo, mas Villiers notou quando o amigo fez um gesto sobre o peito.

"Villiers, eu torno a perguntar, você não está realmente disposto a entrar naquela casa? Você jamais sairia vivo."

"Muito pelo contrário, Austin; vou sair vivo — na companhia de Clarke."

"Como assim? Você não pode, não teria coragem..."

"Espere um pouco. O dia estava muito fresco e agradável hoje pela manhã; havia uma brisa soprando, mesmo nessa rua sem graça, e resolvi sair para dar uma caminhada. Piccadilly descortinou à minha frente um panorama claro e reluzente, e o sol refletia-se nas carruagens e nas folhas trêmulas do parque. Era uma manhã gloriosa, e homens e mulheres olhavam para o céu e sorriam enquanto caminhavam, movidos por negócios ou lazer, e o vento soprava com a mesma alegria que sopra nos prados e em meio aos tojos perfumados. Mas por um motivo ou outro, afastei-me da multidão e do entusiasmo e me vi caminhando tranquilamente ao longo de uma rua quieta e sem graça, onde não parecia haver ar nem sol, e onde os poucos transeuntes paravam no meio do caminho e detinham-se indecisos nas esquinas e arcadas. Segui caminhando, mal sabendo para onde eu ia ou o que fazia naquele lugar, mas sentindo-me impelido, como às vezes nos sentimos, a explorar mais fundo, com a vaga ideia de atingir um objetivo ignorado. Assim eu galgava a rua, observando o pequeno movimento na leiteria e admirando a incongruente miscelânea de cachimbos baratos, tabaco preto, doces, jornais e livros de canções jocosas que se esbarravam nos estreitos limites de uma vitrine. Acredito ter sido o calafrio que de repente atravessou o meu corpo o primeiro sinal de que eu havia encontrado o que procurava. Tirei os olhos do calçamento e detive-me em frente a uma loja poeirenta, cujo letreiro havia desbotado, onde os tijolos vermelhos de dois séculos atrás se haviam enegrecido com a fuligem; onde as vitrines acumulavam a neblina e a sujeira de invernos inumeráveis. Enfim vi o que eu buscava; mas acredito terem se passado cinco minutos antes que eu pudesse me recompor o suficiente para entrar e fazer meu pedido com a voz tranquila e o semblante calmo. Deve ter havido um tremor em minha voz, pois o velho que saiu dos fundos da loja e começou a remexer lentamente nas mercadorias lançou-me um olhar esquisito enquanto amarrava o pacote. Paguei o valor pedido e fiquei escorado no balcão, com uma estranha relutância em pegar a mercadoria e seguir meu caminho. Perguntei como iam os negócios e fui informado de que o comércio ia mal e que os lucros haviam diminuído um bocado; a rua já não era mais a mesma desde que o trânsito sofrera um desvio, o que no entanto tinha acontecido quarenta anos atrás, 'pouco antes que o meu pai morresse', disse o homem. Por fim saí e comecei a caminhar com passos céleres; a rua era deveras lúgubre, e alegrei-me ao voltar para a multidão e o barulho. Você gostaria de ver minha compra?"

Austin não respondeu, mas acenou discretamente a cabeça; ainda estava pálido e tinha um aspecto doente. Villiers abriu uma gaveta na mesa de bambu e mostrou a Austin um longo rolo de corda firme e nova; numa das pontas havia um nó de forca.

"Corda de cânhamo da melhor qualidade", disse Villiers, "exatamente como aquela usada no velho ofício, segundo me disse o velho. Não existe sequer uma fibra de juta de uma ponta à outra."

Austin rangeu os dentes e olhou para Villiers, cada vez mais pálido enquanto o encarava.

"Você não seria capaz", murmurou por fim. "Você não mancharia suas mãos de sangue. Meu Deus!", ele exclamou com veemência súbita. "Villiers, você não pode estar querendo dizer que pretende tornar-se um algoz?"

"Não. Pretendo oferecer uma escolha, e então deixar Helen Vaughan trancada em um quarto, sozinha com essa corda por quinze minutos. Se quando entrarmos não estiver feito, hei de chamar o policial mais próximo. Isso é tudo."

"Preciso ir embora. Não posso mais ficar aqui; não aguento. Boa noite."

"Boa noite, Austin."

A porta fechou-se, mas no momento seguinte tornou a se abrir, e Austin surgiu mais uma vez, pálido e enfermiço, junto à entrada.

"Quase esqueci de mencionar", ele disse, "que eu também tenho uma notícia a lhe dar. Recebi uma carta do dr. Harding, de Buenos Aires. Ele disse que cuidou de Meyrick por três semanas antes do falecimento."

"E contou a você o que foi que o levou no auge da vida? Não foi uma febre?"

"Não, não foi uma febre. Segundo o doutor, foi um colapso total do sistema nervoso, provavelmente causado por choque severo. Mas ele afirmou que o paciente não quis entrar em detalhes, e que portanto enfrentou dificuldades para tratar desse caso."

"Mais alguma coisa?"

"Sim. O dr. Harding terminou a carta escrevendo: 'Acho que essas são todas as informações que tenho a oferecer a respeito do seu falecido amigo. Ele não esteve muito tempo em Buenos Aires, e não conhecia praticamente ninguém, a não ser por uma pessoa que não tinha muito boa fama, e que desde então sumiu — uma sra. Vaughan'."

VIII.
Os fragmentos

[Em meio aos papéis do conhecido médico, dr. Robert Matheson, da Ashley Street, Piccadilly, que morreu repentinamente em razão de um surto de apoplexia, no começo de 1892, foi encontrada uma folha de papel manuscrito, repleta de anotações a lápis. Essas anotações estavam em latim, faziam amplo uso de abreviações e davam a clara impressão de ter sido feitas às pressas. O manuscrito foi decifrado com notável dificuldade, e certas palavras resistiram até a presente data a todos os esforços feitos pelo especialista responsável. A data, "25 de julho de 1888", encontra-se no canto direito do manuscrito. O texto a seguir é uma tradução do manuscrito do dr. Matheson.]

"Se a ciência poderia beneficiar-se destas anotações, caso pudessem ser publicadas, eu não saberia afirmar, mas tenho sérias dúvidas. Porém, o certo é que jamais assumirei a responsabilidade de publicá-las ou divulgar uma palavra que seja do que aqui se encontra escrito, não apenas por conta do juramento que prestei voluntariamente às duas pessoas que estavam comigo presentes, mas também porque os detalhes são demasiado horrendos. É provável que, após considerações maduras, e após uma avaliação de todos os prós e contras, eu venha um dia a destruir este documento, ou ao menos deixá-lo em um envelope lacrado ao encargo do meu amigo D., que poderá decidir usá-lo ou queimá-lo, conforme lhe pareça mais adequado.

"Como se poderia esperar, fiz tudo que o meu conhecimento sugeria para garantir que eu não estava sob a influência de qualquer tipo de alucinação. A princípio estupefato, eu mal conseguia pensar, mas passado um minuto pude assegurar-me de que meu pulso estava firme e regular, e de que eu estava no pleno domínio das minhas faculdades reais e verdadeiras. A seguir, fixei os olhos em silêncio naquilo que estava diante de mim.

"Embora o horror e a náusea houvessem tomado conta de mim, e o odor de putrefação me sufocasse, mantive-me firme. Tive então o privilégio ou a desventura — eu não saberia dizer — de ver o que se encontrava em cima da cama, deitado em uma negrura de breu, transformar-se diante dos meus olhos. A pele, a carne, os músculos, os ossos e a estrutura firme do corpo humano, que eu considerava imutáveis, e permanentes como o diamante, começaram a derreter-se e a dissolver-se.

"Eu sabia que o corpo pode ser separado nos elementos que o compõem por agentes externos, mas devia ter me recusado a acreditar no que vi. Parecia haver uma força interna, a respeito da qual eu nada sabia, capaz de provocar dissolução e mudança.

"Lá estava toda a obra através da qual o homem fora criado, repetida perante os meus olhos. Vi a forma oscilar de sexo a sexo, dividir-se a si mesma de si, para então mais uma vez reunificar-se. Então vi o corpo regredir de volta às bestas das quais tinha ascendido, e aquilo que estava nas alturas mergulhar nas profundezas, rumo ao abismo de todo o ser. O princípio da vida, que constitui o organismo, manteve-se o tempo inteiro presente, enquanto a forma externa se transformava.

"A luz da sala havia se transformado em negrura — não a escuridão da noite, em meio à qual os objetos se oferecem velados, pois eu via de maneira clara e sem nenhuma dificuldade. Aquela era a negação da luz; os objetos apresentavam-se aos meus olhos, se assim posso me expressar, sem qualquer tipo de mediação, de forma que, se houvesse um prisma no recinto, eu não veria nenhuma cor nele representada.

"Fiquei observando, e por fim não vi nada além de uma substância gelatinosa. Então aquilo tornou a ascender os degraus... [*nesse ponto o manuscrito encontra-se ilegível*]... e por um instante eu vislumbrei uma Forma, delineada em penumbra, que não pretendo descrever em mais detalhes. Mas o símbolo dessa forma pode ser encontrado em esculturas antigas, e em pinturas que sobreviveram sob a lava, demasiado sórdidas para serem mencionadas... enquanto um vulto horrendo e inefável, nem homem nem besta, transformava-se em uma forma humana, sobreveio por fim a morte.

"Eu, que testemunhei os fatos acima descritos, com profundo horror e repulsa da alma, subscrevo o presente documento, declarando que tudo o que consignei a esse papel é verdade.

"DR. ROBERT MATHESON"

***

... Eis, Raymond, a história do que sei e do que vi. O fardo era pesado demais para que eu o carregasse sozinho, mas não havia ninguém a quem eu o pudesse revelar se não a você. Villiers, que estava comigo quando tudo acabou, não conhece o terrível segredo do bosque, não sabe que aquilo que nós dois vimos morrer deitou-se na grama macia e fragrante junto às flores de verão, meio ao sol e meio à sombra, e, segurando a mão da menina Rachel, chamou e invocou aquelas companhias, e consubstanciou em uma forma sólida, nessa mesma terra em que pisamos, aquele horror que podemos apenas insinuar, que podemos apenas nomear sob uma figura. Eu não quis contar nada disso a Villiers, tampouco a respeito da semelhança que me atingiu como um golpe no coração quando vi o retrato, e que naquela hora extrema fez transbordar a taça do terror. O que essas coisas podem significar eu não me atrevo a supor. Sei que o que vi perecer não era Mary, mas assim mesmo, na derradeira agonia, eram os olhos de Mary que me encaravam. Não sei se pode haver pessoa capaz de demonstrar o último elo nessa corrente de horríveis mistérios, mas se existe pessoa capaz, Raymond, esse homem é você. E se você conhece o segredo, cabe a você revelá-lo ou não, conforme decidir.

Escrevo esta carta para você imediatamente após meu retorno à cidade. Passei os últimos dias no campo; talvez você consiga adivinhar em que parte. Enquanto o horror e o deslumbre de Londres estavam no auge — pois a "sra. Beaumont", como eu disse, era bastante conhecida na sociedade —, escrevi para o meu amigo dr. Phillips, oferecendo um breve esboço, ou antes uma sugestão, a respeito do que havia acontecido, e pedindo que me informasse o nome do vilarejo onde os eventos que me havia relatado tinham ocorrido. O doutor forneceu-me o nome, conforme explicou, com menos hesitação, uma vez que o pai e a mãe de Rachel já estavam mortos, e o restante da família havia se mudado para junto de um parente no estado de Washington seis meses atrás. Os pais, segundo me disse, haviam sem dúvida morrido em razão da tristeza e do horror causados pela terrível morte da filha, e também por tudo que havia acontecido antes dessa morte. No entardecer do dia em que recebi a carta de Phillips eu estava em Caermaen, e, de pé sob as bolorentas muralhas romanas, desbotadas pelos invernos de mil e setecentos anos, contemplei o prado onde outrora se erguia o antigo templo do "Deus das Profundezas", e vi uma casa resplandecendo ao sol. Era a casa onde Helen havia morado. Passei uns quantos dias em Caermaen. As pessoas do lugarejo, segundo pude averiguar, pouco sabiam e intuíam ainda menos. Aquelas com quem discuti o assunto pareciam surpresas ao descobrir que um antiquário (foi como me apresentei) pudesse se interessar pela tragédia de um pequeno vilarejo, a respeito da qual me ofereceram uma explicação absolutamente trivial — e, como você bem pode imaginar, eu nada falei a respeito do que sabia. Passei a maior parte do tempo no vasto bosque que se ergue um pouco acima do vilarejo e sobe até a encosta, para então descer até o rio no fundo do vale; um vale tão longo e tão lindo, Raymond, como aquele que admiramos juntos naquela noite de verão, enquanto caminhávamos de um lado para o outro em frente à sua casa. Por muitas horas vaguei pelos labirintos da floresta, dobrando ora à esquerda, ora à direita, caminhando devagar pelas longas aleias de arbustos, sempre frescas e ensombrecidas, mesmo sob o sol do meio-dia, e detendo-me sob enormes carvalhos; deitando-me na grama curta de uma clareira onde a doce fragrância das rosas selvagens vinha soprada pelo vento e misturada ao forte perfume do sabugueiro, cujo cheiro mesclado é como o cheiro do recinto dos mortos, um odor de incenso e putrefação. Detive-me junto à orla do bosque, admirando a pompa e a procissão das dedaleiras em flor que se erguiam em meio às samambaias e brilhavam com uma luz vermelha sob os raios do sol, e mais além os densos emaranhados de vegetação rasteira onde fontes brotam da rocha para nutrir as ervas-d'água úmidas e sinistras. Mas em todas as minhas andanças eu tinha evitado uma parte do bosque; e foi somente ontem que subi ao topo da colina e galguei a antiga estrada romana que segue pela mais alta crista do bosque. Lá as duas haviam caminhado juntas, Helen e Rachel, ao longo daquele caminho pacato, sobre o calçamento de grama verdejante, protegido em ambos os lados por elevados bancos de terra vermelha, e elevadas muralhas de faias, e lá segui naquele encalço, olhando, de vez em quando, pelas frestas entre os galhos, e vendo de um lado o bosque que se estendia longe à esquerda e à direita, para então descer ao nível do solo, e mais além o mar amarelo, e as terras de além-mar. Do outro lado havia o vale e o rio, e as colinas sucedendo-se umas às outras como as ondas sucedem-se umas às outras, e bosques e prados, e campos de trigo, e casas brancas resplandecentes, e longínquos cumes azuis ao norte. E por fim cheguei ao lugar. A trilha seguia por uma encosta suave e chegava a um espaço aberto com uma densa muralha de vegetação rasteira ao redor, para então, depois de afunilar-se uma vez mais, seguir rumo ao horizonte em meio à névoa azul e diáfana no calor de verão. E naquela agradável clareira estival Rachel havia chegado uma menina, para sair — quem saberia dizer o quê? Não me demorei por lá.

Em um vilarejo próximo a Caermaen existe um museu, cujo acervo é composto em grande parte de ruínas romanas encontradas nos arredores em diferentes épocas. No dia seguinte à minha chegada a Caermaen eu fui até o vilarejo em questão e aproveitei a oportunidade para examinar o museu. Depois de ver a maior parte das pedras esculpidas, túmulos, anéis, moedas e fragmentos de calçamento tesselado que o estabelecimento abriga, mostraram-me uma diminuta coluna quadrada de pedra branca, recém-descoberta no bosque que acabo de mencionar, e, segundo descobri ao inquirir, no ponto exato onde a estrada romana se abre. Em um dos lados da coluna havia uma inscrição, da qual tomei nota. Certas letras estavam danificadas, mas não creio que possa haver qualquer dúvida a respeito daquelas que eu mesmo forneço. A inscrição era a seguinte:

DEVOMNODENT*i*
FLA*v*IVSSENILISPOSSV*it*
PROPTERNVP*tias*
*qua*SVIDITSVBVMB*ra*

"Ao grande deus Nodens (deus das Grandes Profundezas ou do Abismo), Flavius Senilis ergueu esta coluna por ocasião do matrimônio que testemunhou à sombra."

O curador do museu informou-me que os antiquários locais demonstraram considerável perplexidade, não por conta da inscrição em si, ou de quaisquer dificuldades para traduzi-la, mas antes em relação à circunstância ou ao rito a que alude.

* * *

... E agora, meu caro Clarke, em relação ao que você relatou a respeito de Helen Vaughan, que você afirma ter visto morrer em circunstâncias de absoluto e quase inacreditável horror. Li o seu relato com vivo interesse, mas boa parte, ou melhor, tudo aquilo que você me contou eu já sabia. Para mim não é difícil compreender a estranha semelhança que você notou entre o retrato e o rosto; você conheceu a mãe de Helen. Você deve lembrar-se daquela tranquila noite de verão, muitos anos atrás, quando discorri sobre o mundo além das sombras e o deus Pã. Deve lembrar-se de Mary. Aquela era a mãe de Helen Vaughan, que veio ao mundo nove meses depois.

Mary jamais recobrou a razão. Permaneceu como você mesmo a viu, prostrada na cama, e poucos dias após dar à luz a filha morreu. Tenho a impressão de que nos últimos instantes ela me conheceu; eu estava ao lado da cama, e a antiga expressão surgiu-lhe no olhar por um instante, e logo Mary estertorou e grunhiu e morreu. Cometi uma vilania naquela noite em que você estava comigo; violei o portão de acesso à morada da vida, sem nem ao menos saber ou importar-me com o que podia sair ou entrar. Lembro que na ocasião você me disse, em termos bastante pungentes, e com justeza, que eu havia destruído a razão de um ser humano por conta de um experimento tolo, baseado em uma teoria absurda. Você tinha razão ao culpar-me, porém minha teoria não era de todo absurda.

Mary viu o que imaginei que veria, mas esqueci que olhos humanos jamais poderiam contemplar impunes uma visão como aquela. E esqueci, conforme acabo de admitir, que quando a morada da vida é violada, pode ser invadida por aquilo para o que não temos nome, e a carne humana pode assim transformar-se no véu de um horror que ninguém ousa expressar. Brinquei com energias que eu não compreendia, e você pôde ver como tudo acabou. Helen Vaughan fez bem ao pôr a corda em volta do pescoço e morrer, ainda que tenha sido uma morte horrível. O rosto enegrecido, a horrenda forma em cima da cama, que se desfazia e se transformava diante dos seus olhos, de mulher a homem, de homem a besta, e de besta a coisas ainda mais vis do que as bestas — todo o estranho horror que você presenciou não me surpreende em quase nada. Aquilo que você afirma que o médico chamado viu e repudiou eu já tinha percebido há muito tempo; eu soube o que tinha feito no momento em que a menina nasceu, e quando ela tinha cinco anos a surpreendi, não uma nem duas, mas diversas vezes, brincando com um companheiro — você bem pode imaginar de que tipo. Para mim, a menina era a encarnação de um horror constante; poucos anos depois eu senti que não poderia mais aguentar, e então mandei Helen Vaughan para longe. Agora você sabe o que assustou aquele menino no bosque. O resto dessa estranha história, junto com tudo que você me contou, de acordo com as descobertas feitas pelo seu amigo, tinha chegado a meu conhecimento de tempos em tempos, praticamente até o capítulo final. E agora Helen se encontra junto àquelas companhias…

ARTHUR MACHEN nasceu em 1863, no vilarejo de Caerleon, no País de Gales, e morreu em 1947, em Londres. Teve uma infância solitária rodeado pelas associações históricas e sugestões fantásticas do panorama natal, sítio de uma antiga fortaleza romana. Aos dezessete anos tomou gosto pela escrita, e em 1894 publicou *O grande deus Pã* — uma das mais influentes histórias que haveria de legar para a posteridade. As obras de Machen são marcadas por um profundo sentimento de reverência e mistério, que vai do encantamento sublime ao terror inefável.

GUILHERME DA SILVA BRAGA é doutor e mestre em estudos de literatura pela Universidade Federal do Rio Grande do Sul e concluiu pós-doutorado em tradução literária na Universidade de Coimbra. Traduziu mais de sessenta obras literárias a partir do inglês, do norueguês, do sueco e do dinamarquês para diversas editoras brasileiras. Ministrou aulas, seminários e oficinas de tradução literária no Brasil e no exterior.

Grafia atualizada segundo o Acordo Ortográfico da Língua Portuguesa de 1990, que entrou em vigor no Brasil em 2009.

capa
Delfin [Studio DelRey]
preparação
Mariana Donner
revisão
Ana Alvares
Tomoe Moroizumi

Dados Internacionais de Catalogação na Publicação (CIP)

Machen, Arthur (1863-1947)
O grande deus Pã / Arthur Machen ; tradução e apresentação Guilherme da Silva Braga. — 1. ed. — São Paulo : Todavia, 2022.

Título original: The Great God Pan
ISBN 978-65-5692-320-8

1. Literatura inglesa. 2. Ficção. 3. Terror. I. Braga, Guilherme da Silva. II. Título.

CDD 823

Índice para catálogo sistemático:
1. Literatura inglesa : Romance 823

Bruna Heller — Bibliotecária — CRB 10/2348

todavia
Rua Luís Anhaia, 44
05433.020 São Paulo SP
T. 55 11. 3094 0500
www.todavialivros.com.br

fonte
Register*
papel
Munken print cream
80 g/m²
impressão
Geográfica

FSC
www.fsc.org
MISTO
Papel produzido
a partir de
fontes responsáveis
FSC® C019498